亲爱的大福

和菓子のアン

[日] 坂木司 さかきつかさ —— 著

王蕴洁 —— 译

北京时代华文书局

目录

和菓子のアン

后记 ……… 339

签语的去向 ……… 261

甘露家 ……… 187

萩和牡丹 ……… 125

一年一次的约会 ……… 71

亲爱的大福 ……… 1

亲爱的

大福

在高中毕业之前，我曾经因为一个偶然的机会，接受了街访。

街访员问："请问你的梦想是什么？"另外两个同学很有精神地回答："先好好享受大学生活！""我打算读完专科学校后当美发师。"我斜眼瞥着她们，内心忍不住焦急起来。遇到这种问题，到底该怎么回答？怎样回答才算四平八稳？

果然不出所料，接下来就轮到我了。

"那你呢？"

男性街访员一脸天真地发问。看到我略微迟疑的态度，那两个同学才终于发现事态有点微妙。

因为不要说高中毕业后想读哪一所学校，我甚至决定不升学。

"咦？你该不会是重考生吧？"

街访员说对了一半，但另一半说错了，他还言不由衷地安慰我——没关系，不必在意比别人多读一年，他以前也是重考生。

同学用一脸不知道该说什么的表情看着我，她们即使想帮我，也不知道该怎么帮。但是，没有问题。

"梦想……"

我稍微夸张地偏着头。下一刹那，我立刻露出笑容说：

"我的梦想，就是可以用自己的钱，买很多甜点吃到爽！"

很好，完美答案。这个画面在电视上应该很有"笑"果，街访员听了之后捧腹大笑。

"是吗？原来是这方面的梦想啊。"

年轻真好。男人笑弯了腰，同学也露出松了一口气的表情。太好了，这一定是正确答案。这样就好。

晚上，我在泡澡时打量自己的双手。我没有一技之长，也找不到喜欢的事值得去专科学校进一步学习。我的手指又粗又胖，就像粗绞肉肠，漂亮的指甲离我好像有一百万光年那么遥远。每次看到指甲油，我就没来由地感到沮丧。

"如果没有明确的目标，高中毕业之后就变成自由职业者了。"

我的班主任是好人，在毕业之前一直很关心我，但我既没有喜欢读书到想要读大学，也没有哪个行业让我想要一毕业就去工作，所以这也是无可奈何的事。

"其实当年我也差不多，不知道自己到底想要做什么，所以就去读大学，利用那段时间好好思考。"

嗯，我能理解这种想法。我妈应该也是基于相同的理由希望我继续升学，但是，读大学不是很费钱吗？虽然我生活无虞，一直无忧无虑，但从小看到我爸每天辛苦地上班，我妈也在打工，就觉得自己也可以一边打工，一边寻找"想要做的事"。

洗完澡，我立刻穿上睡衣，尽可能不看镜子。我猜想自己出现在电视上的画面会更惨，因为大家都说上镜头时比实际看起来更胖。

没错，说白了，我就是胖，是一个穿大码衣服的胖妹。所幸我很清楚别人期待这种体形的人扮演什么角色，所以从来没有遭到霸凌，而且我长得和善可爱，身材也不至于胖得很离谱，去逛街时也不会被别人排斥。

以这种体形来说，我的青春还算是差强人意。

但是……

我并没有特别想做的事，更没有任何目标。如果硬要说的话，减肥勉强可以算是我的目标，但我并不天真，不相信只要瘦下来，一切都会改变这种梦话。

我叫梅本杏子，今年十八岁，身高一米五，体重五十七公斤，从小学开始就有一个绰号是"维尼"。我既没有才华，也没有身材，更没有男朋友，只有赘肉多到可以卖钱。

……有人喜欢吗？

*

幸运的是，最近的求职市场处于卖方稍微占优势的状态，尤其是服务业一直人手不足，只要年轻、能马上工作，也可以领到不错的薪水。

"和我当年的求职冰河期相比，简直就像在做梦。"

哥哥毕业时，新闻报道中经常讨论毕业等于失业的问题，除非是特别优秀的人，否则根本无法进入自己理想中的公司。

"如果只要等一年就可以进公司，已经算幸运了，能够在毕业前就被优先录用，简直是超级幸运。"

"是呀。"

我意兴阑珊地回答。哥哥叹着气，掰开煎饼。啪——

"没想到短短几年,就变成现在这样了。如果你不挑,现在应该可以进某家公司吧?"

"……是啊。"

"给你。"

我接过哥哥递给我的煎饼,咬了一口后点点头。我目前的烦恼应该算是奢侈的烦恼吧。

我有地方住,不愁吃穿,如果不挑的话,还可以找到工作,也可以成为正职员工,而且我还有"后路",那就是去商店街工作。

我住在东京,但附近并没有观光指南会介绍的景点,而是一般民众生活多年的老旧小区。这其实也有好处,因为这里的商店街上有各种店铺。听说最近很多商店街的店铺都因为没人接手而经营不下去,导致一整排店面都被拉下了铁卷门,被称为"铁卷门商店街",而我家附近的商店街,每家店都很有活力,每天都打开大门做生意。

只不过也有几家店的老板因为年纪越来越大而烦恼,他们随时都在招募愿意接手的年轻人。尤其是我这种从小在附近长大的人,更是理想的人选,去商店街买东西时,不时有老板对我说:"如果找不到工作,就来叔叔的店工作吧。"

"听你这么说,新井家真是太好了。"

妈妈切着羊羹，深有感触地说。她打工的那家洗衣店，老板的儿子终于决定要继承家业了。

"如果今年是卖方市场，可能就没这么幸运了吧。"

妈妈把切下来的羊羹碎屑放进嘴里，口齿不清地说。的确，如果立刻可以找到工作，而且薪水很高的话，即使不继承家业，也可以外出打拼，过自己的日子。虽然洗衣店老板的儿子可能是在无奈之下才这么做，但我忍不住有点羡慕他。

如果有人对我说"非你不可，一定要由你来继承"，我就不需要烦恼自己到底该做什么了。

不过，我不太想在这条商店街上班，虽然并不排斥在从小熟悉的环境里工作，但还是有一个小问题。

上次走进嘉德丽雅西点店准备买蛋糕时，听到有人叫我。

"啊哟，这不是梅本家的杏子嘛，今天也帮妈妈跑腿吗？"

我回头一看，发现蔬果店的老板娘站在那里。

"嗯，是啊，差不多啦。"

其实我只是想买蛋糕犒赏自己，但隐约有不祥的预感，所以说话时有点吞吞吐吐。果然不出我所料，老板娘又接着说：

"虽然这里的蛋糕很好吃,但也不能吃太多。你再胖下去的话,到时候该嫁不出去了。"

管闲事管到太平洋了吗?难道你不知道大家都在议论,你家儿子三十好几,却从来没有交过女朋友?而且每个星期都去秋叶原朝圣,他才是超危险人群呢。虽然我心里这么想,但还是微笑着抓了抓头。

"嘿嘿,是啊,但不用担心!这是我们全家要吃的。"

无论别人说什么,都用笑容敷衍,这是从小在商店街长大的年轻人特有的习惯。如果是刚才我妈提到的洗衣店老板的儿子,一定也会露出这种笑容。

"是吗?你们家人的感情真好,哪像我儿子——"

老板娘开始嘀嘀咕咕时,我微微欠身,说了声"改天再聊",赶快溜之大吉。

这种事真让人生气。只因为看着我长大,就可以这样口无遮拦吗?那些人每当遇到妙龄女孩,就会自然而然地说"可别像杏子那么胖"之类的话。而当我进入妙龄时,他们又开始说一大堆有性骚扰嫌疑的话。难道他们不会动脑子想想,谁会高中刚毕业就马上跑去嫁人啊!

我伸手抓了一大块羊羹放进嘴里。唉,每次都控制不住想吃的欲望。

这都要怪我妈。她很嘴馋，总会在家里藏食物，而且很喜欢投喂别人，会随时塞一块羊羹过来。我和哥哥在这样的家庭中长大，身材当然会不断横向发展。

而我爸不管吃什么好像都不会胖，虽然他在食量上并不输我们，却可以保持中等身材，简直就是奇迹。每次想到这里，都觉得我爸很"奸诈"。

啰啰唆唆了半天，其实我并不讨厌我的家人，也不可能在没有读书意愿的情况下继续升学，浪费爸妈的钱，我也想要找一份工作，只是还没有想到要做什么。

眼前的状况不至于糟糕得令人绝望，却也没有好到让人产生希望。我只是在不上不下的状况下，整天脑袋空空地过日子而已。

但是，这不就是大家所说的那个……

没错，就是被宠坏的孩子。说白了，就是"废物"。

*

三月在毕业的气氛中浑浑噩噩地结束了。四月在不停地看求职信息和打工广告中匆匆流逝，振奋的情绪刚被调动起来，就一下子到了月底。目前是五月，我知道这样下去不太妙，开始有点着急了。

（因为这样下去，我不就变成"米虫"*了吗？）

非假日在附近闲逛，可能又会被燃料店的大叔纠缠，叫我去他店里上班，所以我去了比较靠近市中心的地方。那是车站前有很多大百货公司和购物中心的闹区，到处都张贴着"征人"广告，但我能够胜任的工作很有限。

既然没有一技之长，通常都会去当店员，但以我的体形，当然不可能去卖衣服，况且我原本就对时尚没兴趣。基于同样的理由，我也不想去流行杂货铺和饰品店工作。虽然考虑过到书店打工，但不知道为什么，书店的时薪竟然比快餐店还低，只好作罢。

（所以，只能做餐饮……）

只不过我这种体形不适合穿可爱的制服，但又不太想去食堂或是居酒屋那种地方。

（干脆去高级日本料理店当服务生吧。）

如果去那种包吃包住的高级日本料理店打工，搞不好还不错，而且可以顺便学一下礼仪，以及怎么穿和服。只不过刚离家就去温泉旅馆打工，对我来说难度可能有点高。虽

---
* 网络用语，指终日无所事事的人。

然告诉自己要用删除法思考，但越想越觉得自己好像什么都不行。

突然有什么东西滴在头上。已经够沮丧了，竟然还下起了雨。我没带伞，只好冲进附近一家百货公司。

一走进自动门，立刻飘来香水的味道。百货公司的一楼通常都是化妆品、女鞋和皮包的专柜。化着大浓妆的漂亮姐姐站得像假人模特一样笔直，脸上挂着僵硬的笑容站在名牌化妆品专柜前。女鞋和皮包卖场内的商品我都买不起。

"去参加派对时可以带这个皮包吗？"

我看向声音传来的方向，一位女士拿起一个闪亮亮的小皮包问店员。我一看陈列架上的价格，发现那个放一部手机就会被挤爆的皮包竟然要十万日元。大家在日常生活中会买这样的东西吗？至少在我的认知范围内，十万日元是一大笔钱。

（况且，派对到底是什么时候？在哪里举行？）

我内心浮现出这个纯朴的疑问，穿越了一楼，漫无目的地搭上电扶梯去地下楼层。没想到电扶梯才走到一半，我就闻到了不知道从哪里飘来的刚出炉的面包香味。我向前跨了一步，发现除了面包以外，还有其他食物的味道混在一起扑鼻而来。

"现在是特别优惠时段！一份叉烧只要一千日元！要不要带回家？"

穿着白色衣服的大叔在花车前吆喝着。一位寿司师傅正在旁边的柜台前用漂亮的手势握着寿司，在柜台前排着长龙的大婶们兴奋地聊着天，指着用一整条星鳗做的寿司笑着。

（这里真让人安心啊。）

完全没有矫情的气息，食品馆的食物五花八门，从普通到高级一应俱全。最好的证明就是在我面前冒着热气的馒头*，一个只要十日元。

"这个给我五个。"

我不假思索地打开皮包，转眼之间，热腾腾的纸袋就被送到了我的手上。我一边走，一边把小巧可爱的馒头放进嘴里。嗯，黑糖加热后的香味太疗愈了。

百货公司地下楼层嘈杂的感觉有点像我家附近的商店街，让人舒服又自在。无论男女老幼，人们一到傍晚就聚集在这里，挤挤攘攘，好不热闹。雨停之前，我要在这里打发时间，于是开始四处闲逛。

---

* 通常所说的日式馒头是一种包有豆沙馅的甜味点心，根据使用面粉的不同，又分为茶馒头、山药馒头、酒馒头等。

"卡雷特饼干，只售卖到今天为止。"

我在西点专柜前停下了脚步。在这里，一块厚厚的饼干要两百日元。如果是平时，我看到这种价格会望而却步，但现在觉得偶尔奢侈一下也没关系。没想到当我坐在墙边的长椅上咬了一口时，却忍不住有点失望。

（这是植物油？人造黄油？还是起酥油？）

吃这种简单的西点，我无法接受黄油以外的油脂，因为把美味和热量或保质期限放在天平上衡量的行为很离谱。如果吃到加了人造黄油这种怪东西，我就会发自内心感到悲伤。另外，既然要用黄油，有盐黄油当然比无盐黄油更理想。

（这种想法似乎在法国人看来有点失礼。）

人就爱悲哀。虽然失望，但也舍不得丢，所以照吃不误。得起来走一走，运动一下，至少要把吃下去的热量消耗掉。于是我再度站了起来，这时看到了招人广告。原本以为这里的工作人员都是百货公司统一招聘的，没想到并不是这么一回事。仔细观察之后，更发现不少展示柜的角落和背后的墙上有好几张招人广告。

（这里的气氛，感觉可以接受。）

我没有任何专长，吃是我唯一擅长的事，以我的体形来说，卖食物应该很有说服力。

如果想在这里工作,到底哪一家店比较好?我开始观察贴了招人广告的各家柜台,当作是了解职场情况。

第一家是蛋糕店,但因为我不可能穿那种夸张的制服,所以没法去那家店。接下来是茶叶店。虽然感觉不错,但看起来没什么生意。可能因为生意不好,如果在那儿工作的话,得一个人站很久。于是我走向熟食区。熟食区有两家店,一家是很时尚的西式熟食店,看起来忙得不可开交。另一家是韩国料理店,一看就知道站在柜台后的是韩国人。

(外国人呢。)

她的日语应该很好,但我不敢正视她。我一边烦恼,一边继续闲逛,最后在和果子区看到两张招人广告单。两家和果子店的商品都很丰富,从保质期较长的赠礼用和果子到生果子,一应俱全。其中一家店的制服是分体式工作服,另一家店是白衬衫配黑色围裙的现代风格。

(两家店的条件都差不多,要选哪一家?)

我打算继续观察。结果发现,穿工作服的那家店里竟然有两个男人!

对不起,刚才忘了说,我不太擅长和男人相处。

*

　　我很胖。虽然还不至于对健康造成危害，但这件事对恋爱的影响难以估计。确切地说，是男人对我的态度差太多了。

　　虽然这么说听起来像是在自我辩护，但我可以在普通的服装店买到衣服，也就是说，我并不至于胖到需要成为大尺码专卖店的主顾。圆滚滚的体形和讨人喜欢的长相能够在人际关系方面维持良好的印象，所以，在男性群体中，我很受小孩和老人的欢迎，但是……

　　某些年轻男人和大叔看到长相低于标准的女人，会毫不掩饰他们的冷漠，或板起臭脸，或拒人千里，不分时间和场合。我当然知道世上有很多男人不属于这种类型，既然无法从外表判断内心，对我来说，除了儿童和老人以外的男性都是需要特别注意的一类人。

　　（而且更让人火大的是，越是这种有坏心眼的人，越不知道要先回家照照镜子，看看自己是什么德行。不觉得这种人很过分吗？我每次都超想对他们说：我的确是胖妹，但你离帅哥也有十亿光年的距离！）

所以,我毫不犹豫地走向白衬衫配黑围裙的那家店,问店员:

"不好意思,打扰一下,我看到你们在招人。"

"对啊。你等一下,我去叫店长。"

店员是一个留着中长发的可爱女生。她的年纪和我差不多。过了一会儿,看起来像是店长的人现身了。

"你想要打工吗?"

是一个穿一身素雅制服的女人,以黑色围裙搭配黑色长裤,乍看之下,猜不出她到底多大。如果是姐姐,似乎太沉稳了,但又完全没有阿姨的感觉。蓬松的侧分短发清爽有型,有一种成熟的味道。

"嗯,对。今天我只是刚好路过这里,所以没带简历。"我紧张地回答。

她对我嫣然一笑。

"你喜欢和果子吗?"

"对,我喜欢吃,但并没有这方面的知识。"

"是吗?很高兴你喜欢我们店,方便的话,你可以明天中午过后把简历带来吗?因为还是要面试一下,这是百货公司的规定。"

说完,她拿起放在收银台旁的名片,又拿了一个一百日元的山药馒头递给我。嗯，在她手下工作应该会很开心。我注视着手上的和纸*，微微点了点头。

当我再度搭着电扶梯来到户外时，雨已经停了。仰望着万里无云的天空，我大口吃着店长刚才送我的小馒头。

嗯，好吃。这家店应该没问题。

*

翌日的面试真的只是形式而已，在店后方的仓库交了简历，又简单地聊了几句后，店长立刻笑着说："好，那就录用你了。"

"啊？这样就可以了？"我忍不住问道。

她偏着头说：

"你的简历完全没有问题，而且你看起来也很好相处，最重要的是，你的指甲很短，很干净，没有理由拒绝你。"

我惊讶地看着自己的手指。我的手指像小香肠，根本不想留指甲。因为不适合涂指甲油，所以只是磨光滑了而已。

（没想到竟然因为指甲受到了肯定……）

---

* 以日本传统技艺生产的一种纸的统称。

我的内心深处一阵酥麻,不知不觉地好像在祈祷般,在胸前合掌。

"我叫椿晴香,是和果子铺'蜜屋'东京百货店的店长,以后就请多关照了。"

"是,是,请多指教!"

我起身恭敬地鞠了一躬。椿店长也站了起来。

"那就去楼层长那里吧。"

"楼层长?"

"对,我是蜜屋的职员,可以决定录用你,但因为这里是百货公司,所以必须经过百货公司的人同意,你才能在这里工作。"

我跟在大步走路的椿店长身后,走进楼层角落的一道门内。刚好在楼梯正下方有一个三角形的小房间,斜斜的天花板令人感到很压抑,有点喘不过气。

"楼层长,我是蜜屋的椿。"椿店长说道。

在房间的最角落,角度也最狭小的座位前对着电脑打字的人转动椅子回过头。这个单眼皮的大叔打量着我,脸上露出不悦的表情。

"哦,这就是你昨天说的新人?已经决定录取吗?"

"对。"

楼层长听到椿店长的回答,打开办公桌的抽屉,嘎啦嘎啦地搅动了半天,最后拿起一样东西。

"给你。"他对我伸出手。

我战战兢兢地走过去并接过来,发现是店员别在制服上的名牌。

"这个名牌就像是东京百货公司的员工证,不要遗失。"

"好,谢谢。"

既然领到了名牌,就代表已经合格了吗?我鞠了一躬,楼层长立刻转身继续打字,但不知道为什么,他竟然背对着椿店长,和她聊了起来。

"对了,椿小姐。"

"是。"

"新商品怎么样了?"

他们说话时竟然没有看对方,简直就像之前吵过架,但说话语气很正常,所以这是正常现象?

"差不多要再等一个星期,因为都要在月初推出。"

"是吗?真期待啊。"

"谢谢。下次推出的是我们很有自信的商品。"

"你店里的哪一样不是自信商品?"

楼层长似乎有点挖苦的口吻。椿店长淡淡地笑了笑,说:

"因为师傅随时都在努力开发最好吃、最漂亮的和果子，所以当然很有自信啊。"

椿店长说完之后，对着楼层长的背影说了声"那我先告辞了"，然后带着我走了出去。

回到店里后，椿店长向我介绍了工读生前辈樱井。樱井教了我很多琐碎的事。

"其实我和你同岁，而且一个月前才开始在这里打工，还有很多事情搞不清楚，称不上什么前辈啦。"

正在读大学的她很利落地告诉我员工出入口、更衣室，以及厕所的位置。

"制服的话，店里会提供衬衫和围裙，下半身穿正式一点的黑色裙子或长裤都可以。啊，但是超迷你的裙子或会影响工作的长裙不行。"

我们走去仓库，在写了"制服"的纸箱里找大号的衬衫。蜜屋刚好靠墙壁，而且店面比较大，所以有专用的仓库，只是空间并不大。

"还有，要穿肤色的丝袜，如果穿长裤，对袜子就没有特别的规定。鞋子要穿黑色低跟鞋或是乐福鞋。"

总之，服装和仪容要有清洁感。我在脑海中确认了家中的衣柜。我有低跟的黑鞋，所以不必另外买，但下半身怎么办？我没有黑色长裤，只有参加葬礼时穿的黑色裙子。

（比上不足，比下有余，这种情况至少比下半身也要穿制服，结果却找不到我的尺寸的衣服好一点。）

那就在回家时顺便去买裙子吧。为好不容易找到的衬衫欢呼的同时，我忍不住暗自为自己的钱包祈祷。希望可以让我买到便宜的衣服。

*

最后，我买到了两件一千日元的特价裙子，而且是大号，长度也刚好到膝盖。

"商店街是日常生活中的好邻居。"

我巡视着大婶们的爱店，深有感慨地嘀咕着。

我最先去了专卖年轻人衣服的购物商场，每一件黑色裙子都具备了"均码、赘饰过多和哥特萝莉风"这三大负面因素。接着，我又去了一家百货公司，那儿只有适合正式场合穿的裙子，而且价格走"简单才是奢华"的路线。

我只能带着豁出去的心情走进这家拉媚儿摩登服饰店。平时我绝对不会走进这种店，但猜想专卖大婶服的店可能有款式简单的裙子。

（当然，也有很多另一种风格的花哨衣服。）

看到有老虎刺绣的毛衣，或是豹纹紧身裤，以及绿叶和瓢虫图案的运动衣，我只能露出无力的笑容。

*

第一天上班，我脑力全开，努力记住商品的名称和价格。蜜屋从煎饼、落雁饼等干果子到保存期限较长的羊羹、最中饼，还有铜锣烧、大福等常见的果子，一应俱全，此外还有不同季节推出的当季上等生果子，也就是上生果子，商品十分齐全，我只好把商品目录带回家死记硬背。

第二天，樱井要去学校上课，所以提早下班了。这是我第一次和店长两个人在店里，所以不由得感到紧张。虽然我胸前的名牌上写着"实习生"，但顾客好像根本没注意。

"对不起，麻烦一下。"

听到顾客的叫声，我吓了一跳。我还没有用过收款机，但也不知道该怎么向顾客解释清楚。

"欢迎光临，请问您今天需要什么？"

我为自己招呼顾客时舌头没有打结松了一口气。和果子店的顾客有不少都上了年纪，所以樱井之前特别提醒我，说话一定要恭敬有礼。看起来无所不能的樱井似乎不太会说敬语,所以围裙的口袋里藏着专用的笔记。

"因为偶尔不复习,便会说成'您觉得怎样'。"

我当时听了,还事不关己地笑了出来,但轮到自己说的时候,才发现真的会紧张。

"有哪些推荐的当季果子?"

我必须向顾客介绍上生果子。那是在茶席时吃的果子,色彩斑斓,造型华美,是和果子店的人气商品,但也是我最不熟悉的商品,所以还记不太清楚,而且我也没有包过上生果子。

"首先,为了配合端午节,我们推出了名为'兜'的和果子。"

还有什么?我绞尽脑汁回想。即使想问椿店长,但她正在接待顾客,而我的小抄刚好没带在身上。

(呃,我记得有三款当季果子,现在是五月,应该有一款是五月的花……)

"啊,还有一款'蔷薇'。"

太好了,还有最后一款!但最后一个就是想不起来。我记得是叶子的形状,只不过无论如何都想不起名字。

(可恶,只要从展示柜上方看一下就知道了……)

但是,以我的身高,做这个动作会很难看,于是吞吞吐吐答不出来。

顾客忍不住催促:"还有呢?"

"还有……"

我在说话的时候偷偷把双手放在展示柜上方,然后看着顾客,正准备要踮起脚。就在这时——

"五月的最后一款推荐商品是'落文'。"

突然有一个声音在我右侧响起。

"啊?"

"关于'落文'的形状,您看一下就知道,模拟的是卷起的叶子和落在叶子上的露水。"

突然出现的这个男人穿着和我相同的制服,用很自然的语气说着话,走到我和顾客旁边。

"关于这个名字的来历,是有人看到虫子让这种形状的叶子掉落,觉得就像是卷起的书信掉落在地上的样子,所以就用来作和果子的名字。"

这个口齿清晰、侃侃而谈的男人怎么看都只有二十多岁。

(为什么这家店会有年轻男人?)

我陷入了混乱,但男人和顾客谈笑风生。

"落文的名字听起来真雅致,是什么口味?"

"是口感很高雅的练切*，速溶于口，留在嘴里的味道也很清爽。"

"是吗？那给我包十个。"

男人向顾客点了点头，突然想起什么似的转头问我：

"你有没有结过账？"

"啊？不，还没有……"

"是吗？那我会用五号盒子，你准备一下包装纸和纸袋。"

"哦，好的。"

我听从他的指示开始准备。他把展示柜内的拉板轻轻拉了出来，然后将上生果子的盒子小心翼翼地放在托盘上。我差一点闯祸。如果换成是我，一定会把商品直接装进纸盒里。

"十个落文，对吗？"

男人把托盘放在顾客面前，请顾客确认之后，才装进纸袋。他在拿上生果子时的动作极其小心，包得也很漂亮。

"谢谢惠顾，欢迎再度光临。"

他接待顾客彬彬有礼，对和果子的知识也很丰富。他

---

* 练切是用白豆沙馅加入糖、麦芽糖和白玉粉等材料制作的点心，通常做成花卉等形状，包在和果子外侧。

该不会是蜜屋的员工吧?

(但我可没听说这里有男员工!)

他深深地鞠躬送走顾客后抬起头,露出两道漂亮的眉毛和一头被抓乱的头发。

(而且他超瘦的!)

当他站在收款机前时,和樱井、椿店长一样,能使墙壁和展示柜之间再站一个人。还有就是,他系好的围裙带多余的部分也和她俩一样长,只不过他长得更高。

(……简直让女生无地自容。)

他长得就像是表参道上露天咖啡座的服务生,让我极度自卑。老实说,我很怕这种人。我以为这辈子都不会和懂得打扮、身材好的年轻男人说话。

"呃,谢谢你。"我战战兢兢地道谢。

男人看着我问:

"你是新来的?"

"对,前天刚来,我叫梅本杏子,请多关照。"

不能失礼。我这么告诉自己,然后向他鞠了一躬。他看了我一眼,皱起了眉头。好啦好啦,我知道让你很失望,对不起喽。

"我叫立花。"

是吗？我没有吭气，等着他的下文，但他陷入了沉默。

（就这样而已？！）

难道他只说姓氏？也不说明自己是职员还是兼职的，甚至不说一句"请多关照"吗？如果说是因为沉默寡言，但他刚才明明很擅长接待顾客，而且基于相同的理由，我认定他不可能怕生。既然这样，就只剩下两种可能：一，他对记不住和果子名字的新人感到不耐烦；二，除了介绍自己的姓氏以外，不想对我这种长相的女生多说什么。

（我该怎么办？）

假设是第一种可能，如果我主动找他说话，可能会更惹恼他。假设是第二种可能，结果应该也一样。立花一动不动地看着正前方，我也僵硬地站在他旁边。

这时，接待完顾客的椿店长走了过来。

"啊哟，立花。"

太好了！椿店长应该可以解决眼前的僵局。

"店长，我请假的这段时间给你添麻烦了。"

"哦，你不必放在心上。这位是新来的梅本杏子，你们已经相互自我介绍过了？"

"嗯，是啊。"

不不不！等于没有介绍！我在内心呐喊，没想到立花对椿店长说了更失礼的话。

"店长,你也太不尽职了,据我的观察,根本还没有完全教会她嘛。"

什么意思啊!难道他觉得是因为椿店长没认真教,所以我记不住和果子的名字吗?但是,椿店长似乎没有听到他的挖苦,把手伸向放在收银台角落的花。

"梅本是很值得期待的新人,慢慢学就好了,立花,你要好好教她,否则……"

否则怎么样?难道有什么惩罚吗?

"又会像之前那样。"

椿店长抽出快枯萎的花,丢进垃圾桶。啊,好有魄力。难道这就是店长的威严吗?立花说不出话,可能想要掩饰脸上懊恼的表情,把头转到一边。

我僵在一旁听着他们的对话,椿店长向我补充说明:

"梅本,他刚才可能已经自我介绍过了,但我再介绍一次。他叫立花早太郎,是蜜屋的职员,因为想当和果子师傅,所以对和果子非常了解,如果有什么不懂的地方,你尽管问他。"

哦,原来是有手艺人的脾气,所以不好相处。

"但他很会招呼顾客,还有顾客只买他推荐的和果子呢。"

"是啊。"

惨了,我的声音太冷淡了。

"总之,你们好好相处,因为接下来这段时间,上午只有我们三个人。"

真的假的?!要和这种态度的人一起工作?啊,真希望我在递简历之前知道这件事。

"哦……"

"樱井接下来会很忙,所以想要上晚班。你不是刚好来上班吗?所以我希望由你上早班,樱井上晚班。"

原来是这样。不,其实我也隐约察觉到这家店人手有点不足,因为百货公司地下楼层的营业时间是从上午十点到晚上八点,一个人不可能从早上一直工作到晚上,所以,除了店长以外,要有人分别上早班和晚班,如果没有另一个正式员工加入,店长就没办法休息。也就是说,至少要有四名店员。

(但是没想到竟然是男人,而且是看起来这么坏心眼的人!)

为什么不早说啊!某个谐星在我脑袋里大叫。

＊

　店长与职员之间似乎不和,还有一个茫然地被夹在他们之间的新来的打工妹。微妙的气氛让人不知道如何是好,但顾客还是继续上门。

　"不好意思,请教一下。"

　我抬头一看,一个看起来像秘书的女人在对椿店长说话。

　"欢迎光临,请问今天要买什么?"

　"我想买上生果子。"

　女人看着展示柜,又看了看手上的信封,然后掐指计算着。

　"呃,我要十个。"

　"都选相同的吗?还是要挑选不同的种类?"

　"嗯,只有一种好像太单调了。"

　所以,就买三款当季果子吗?我拿出纸盒,等待接下来的发展,没想到椿店长说出了令人意外的话:

　"我知道了,'兜'和'落文'不错,但'蔷薇'就不要了吧?"

　嗯?我忍不住偏着头。那个女人也一样,惊讶得用手捂住了嘴。

"你说得对！但你怎么会知道？"

椿店长把那两款上生果子各拿了五个，放在托盘上，然后放在展示柜的上方。

"因为我猜想可能是上了一点年纪的男士要食用。"

"……没错。"

你是算命大师吗？我和那个女人同时用疑惑的表情看着椿店长，而立花似乎对眼前的事没有兴趣，默默地整理着收到的传真。

"我只是乱猜，因为您没有带皮包，只拿了信封而已，所以我猜想您可能在附近的公司上班。"

不，那为什么猜是男人要吃？而且知道是大叔？女人和我一样偏着头。椿店长对她露出微笑。

"现在是两点，不是吃完午餐顺便绕来百货公司的时间，所以就代表您是来跑腿的，而且既然对方指定了和果子，而不是西点，所以我想到可能是上了点年纪，喜欢清淡口味。"

"好厉害，真的就像你说的这样。"

"既然这样，'蔷薇'就有点太可爱了。"

椿店长太厉害了。那个女人似乎也很感动，握着信封，用力点着头。

"我决定了,以后也要经常光顾这里。"

"千万不要勉强,因为有时候人也会想要吃西点。"

椿店长用利落的动作为盒子打好绳结,结完账后,拿出了收据。那个女人看到之后,似乎才终于想起,慌忙从信封里拿出名片,放在展示柜上。

"我的直属主管热衷茶道,所以几乎不会叫我买西点。"

"是吗?"

椿店长把名片和收据一起交给她。

"五天之后,会有新的当季生果子上市,非常欢迎再度光临。对了对了,这是即将推出的当季果子预订表。"

椿店长说着,把一张小单子放进了纸袋。

"我一定会来!我的主管对和果子有独到的见解,他一定会喜欢。他曾把名为'抚子'*的和果子放在我的桌子上,还说它很像我给人的感觉。"

啊!这样不是会很害羞吗?还是因为上了年纪之后,说话也变得调皮了?那个女人临走时,开心地对椿店长鞠了一躬。

---

* 抚子是日本"秋之七草"之一,因其形态娇小、惹人怜爱,常被用来形容性格文静、温柔稳重的日本传统女性。

"谢谢光临!"

我也跟着一起鞠了躬,并打算等顾客离开后,再向椿店长打听,没想到下一个顾客很快就来了,我只好无奈地看着她接待顾客。这时,立花走过来确认包装材料,小声地对我说:

"对店长来说,那是家常便饭。"

他的言下之意是,根本不值得这么兴奋。

"哦……是这样啊。"

"而且你应该还没有见识过店长在仓库时的样子吧?"

仓库?我听不懂立花的意思,转头看着他。他面无表情,难道刚才在顾客面前露出的笑容也是商品吗?

"什么意思?"

"你早晚会见识到,总之,你不要对她抱有太大的期待。"

这个家伙真是没礼貌。我默默点了点头,假装把展示柜上方个别包装的和果子摆放整齐,远离了他。

*

到了三点,有三十分钟的休息时间,我沿着员工通道来到写着"休息室"的房间。樱井告诉我,这里是各店铺员工共享的休息室,所以我们也可以自由使用。但是,当我一打开门,立刻僵在门口。

(……好浓烈的烟味!)

室内烟雾弥漫,有那么一下子,我以为浓雾挡住了我的视野。在这片烟雾中,出现了一张又一张瞪着我的女人的脸——浓妆艳抹的脸,疲惫的双眼,充满好奇的脸。我无法承受这些视线,默默把门关上了。

(如果走进休息室,我会变成烟熏人吧。)

所以,休息室只是徒有虚名,根本就是吸烟室。话说回来,她们到底承受了多大的压力,要抽得那么凶?我在走廊中间的自动贩卖机买了果汁,然后走向蜜屋的仓库。昨天樱井好像也是在仓库休息的。

但是,当我准备打开仓库门时,听到里面传来异样的声音,我再度僵在门口。

"上啊!给我冲上去!妈的!"

……我做了什么坏事吗?明明只是乖乖上班,为什么接连遇到这么可怕的情况?我拿着罐装果汁愣在门口,突然有人拍了拍我的肩膀。

"立花。"

他从店里探出半个身体,轻轻捶着门旁的墙壁说:

"店长,梅本要进去休息,请你安静一点。"

"店……长?"

"啊哟,真对不起,你刚才听到了吗?"

打开门对我说话的不是别人,真的是椿店长。

"请进来吧,我不会再吵闹了。"

她露出亲切可人的笑容,难以想象她前一刻在里面发出可怕的叫喊声。我战战兢兢地走进仓库,椿店长为我打开原本放在墙边的折叠椅,让我可以坐下来休息。

"谢……谢。"

狭小的仓库两侧放着高大的金属架,堆放着包装材料和耐放的和果子。椿店长在仓库深处放了一台笔记本电脑,她正坐在电脑前。

"……你刚才听到了吗?"

坐在圆椅上的椿店长露出好像小孩子调皮捣蛋被抓到时的表情看着我。

"请问,刚才发生什么事了吗?"

如果知道理由,我或许就能够理解了。我抱着一线希望问道,但椿店长满面笑容地说:

"是股票啦。"

"啊?"

应该不是指树桩*吧？我差一点对她这么开玩笑，但硬生生地把话吞了回去。

"我这一阵子热衷于投资，刚才股票市场有动静，我太兴奋了，所以一下子太忘我了。"

忘我！而且在上班时间玩股票！我哑口无言，只好点了点头。

"对不起，吓到你了。"

"不……"

"因为一整天都在地下楼层很闷，所以我就趁处理事务工作的空当稍微喘口气。"

我终于懂了。立花刚才说的"店长在仓库时的德行"就是指这件事。我突然想起之前椿店长和楼层长之间的对话。

（当时总觉得楼层长话中有话，可能也是因为这件事吧。）

任何人都不是圣人君子，每个人都有不为人知的一面，只不过宛如天使和魔鬼般的落差也未免太惊人了。

（这也是压力所致？）

万一不小心惹恼她，不知道会有什么后果，我忍不住沮丧到极点。椿店长用比刚才更开朗的语气说：

---
* 日语中股票和树桩同音同字。

"我相信无论任何兴趣,绝对会对日后有帮助。"

"哦。"

"所以即使听到我大叫,也不必在意。"

这句话一听就知道是借口,而且是很烂的借口。我喝着果汁,努力不看椿店长,挨过了休息时间。

除了立花待人不亲切,连原本信赖的椿店长竟然也不太可靠,而且以后只有交接班的时候会遇到樱井,以前学过的一句成语以进阶版的形态在我脑海中闪现。

四面楚歌。

(说句心里话,真想马上辞职!)

*

原本到闹市区工作只是想找一个平静的职场,没想到内情比商店街更混乱。之所以撑了一个星期,是因为我知道中间有一天可以休息,而且椿店长不会对着人大喊大叫。

"如果你想连续休假两天,要事先申请。"

椿店长在我休假前一天这么说的时候,我再度觉得她是好人,只是消除压力的方法有点奇特而已。

那天晚上,我问很晚才回家的哥哥:

"哥哥,你会在公司上班时上网吗?"

"嗯,会啊,像是私人的简短邮件,或是棒球比赛的结果,都会不时看一下,怎么了?"

我摇了摇头。

"不,没事。"

如果椿店长不大喊大叫,应该算正常。我独自点了点头,说服了自己。

即使想要离职,至少也要忍耐一个月。

*

开始打工刚好满一个星期,在五月的最后一天,蜜屋才刚开始营业,那位顾客再度上门了。

"请问当季果子换了吗?"

她就是之前来买上生果子的人。可能急着跑过来,所以上气不接下气地问。

"还没有,因为本季果子供应到五月底,所以今天还没有换。"

听到我的回答,她松了一口气,手扶着展示柜。

"请给我一个'落文'和九个'兜'。"

嗯？只要一个"落文"？我忍不住看了展示柜，确认库存是否足够，幸好并不是只剩一个。

"不好意思，可不可以请你快一点？"

她看着手表，在蜜屋前东张西望，可惜很不巧，椿店长刚好去找楼层长了。

"好的，没问题。"

我尽可能动作利落地把和果子放进托盘，请她确认后，回头想要拿盒子，发现收银台上竟然已经放着大小刚好的盒子和包装材料。

"我来结账。"

立花从展示柜的另一侧飘然现身，拿着写收据用的笔，按着计算器。不得不说，他是一名优秀的店员。

"谢谢。"

在立花的协助下，我得以不慌不忙地把商品包装得很漂亮，把绳结绑得很立体时，有一种难以形容的好心情。

"谢谢惠顾，欢迎再度光临。"

那个女人用眼神向我打招呼后，拎着纸袋快步离去。

椿店长很快就回来了，我向她报告了这件事。正当我准备问她之前那件事时，她突然脸色大变。

"她买了一个'落文'和九个'兜'吗？"

"对,因为库存都放在展示柜里,她应该看到足够多。"

"是吗?她的选择真奇怪……"

椿店长叉着手,难道她想到了什么吗?

"也许是上次吃的人特地提出要求。"

立花在一旁灵巧地把盐大福摆成一座小山时嘀咕道。

"提要求?"

"她上次的确说,她的上司热衷茶道。"

"既然这样,很可能会提出要求。"

我在说话时,忍不住对立花的高超技巧感到惊讶。用竹片做的夹子夹起柔软的大福并非易事,我曾经夹破好几个,但他轻松自在地就可以把一个又一个堆放成小山。

"话说回来,还真不协调啊。"

"如果全部是'兜',就很容易理解,因为'兜'是五月人偶,所以象征男性,也有在比赛中获胜的意思,听起来很吉利。"

"吉利吗……"

可能和考试前要吃猪排盖饭的意义差不多。

"会不会是要谈生意?"

三个人心不在焉地看着前方的通道聊着天。现在才十点多,是百货公司地下楼层比较空闲的时间,而来买和果子的顾客就更少了,所以并不会太忙。

"如果是这样,就无法解释为什么要买一个'落文'。"

"也许其中有一个是女人。"

立花虽然一脸不感兴趣的表情,但还是很积极地参与进这个话题的讨论。

"但她上次说,是位上了年纪的男士要的。"

"购买的数量也相同,所以应该就是上次那些成员。"

"也许换了一个负责人,多了一位女性。"

但果真如此的话,真的是贴心的举动吗?如果十个人中,因为其中一个是女性,就送上不同的和果子……

"如果是我,会觉得是在欺负我。"

我脱口说道。立花立刻露出锐利的眼神问我:

"有人欺负你吗?"

唉,我不是说了嘛,只是在假设遇到这种状况,虽然很可能是体形引起的被害妄想症!身材高大的立花低头看着我,我轻轻地耸了耸肩。

"欺负吗?"

椿店长似乎并不在意我们的交谈,茫然地看着墙上挂的时钟。

"啊,我差点忘了。"

椿店长嘀咕了一声，立刻转身走进了仓库。
"嗯？她……"
我不知道到底发生了什么事，立花冷冷地对我说：
"应该是到了股价容易波动的时间吧。"

* * *

之后，顾客虽然不太多，但还是陆续上门，那位女秘书购买之谜也就持续到了隔天。

（已经讨论得这么深入，却无法得出结论，心里真不舒服。）

早上坐电车用力抓着吊环时，我也想着这件事。电车的拥挤对个子矮的人很不利。

八点半，我从百货公司后方的员工入口走了进去，向保安出示了识别证后，去更衣室换上制服，把贵重物品和手帕等东西放在发给我们的透明塑料拎袋里，然后走向卖场。

听说这个塑料拎袋以前是为了防止店员偷窃而设计的，真是太看不起人了。

（应该更相信人性啊。）

而且这个塑料拎袋拿在手上很让人尴尬。因为是透明的，所以皮夹或手帕的图案都会被人看到。有些人不想被别人看到，就用好几个小化妆包将物品分装后放进拎袋，但我觉得这样做好像在刻意隐藏什么。

九点，我把自己的考勤卡放进蜜屋收银台旁的打卡机，才算正式开始上班。把透明拎袋放去仓库后，我开始清点送来的和果子。

"早上好。"

"早上好，梅本。"

我向已经先到的椿店长打招呼，打开堆放在店面的装货柜。板重就像学生食堂的面包店使用的那种浅浅的长方形盒子。我从最上方的信封中拿出清单，核对板重内放的和果子，发现里面是我以前没见过的上生果子。

"咦？这是……"

我手中的清单上写着"青梅""水无月""紫阳花"。

"新的当季果子送来了。"

椿店长探头张望后笑了笑。对了，今天已经是六月一日了。

"梅本，等你核对完毕，可不可以分别拿两组出来？"

"好，我知道了。"

我把清点完的上生果子摆放在拉板上，椿店长用毛笔在和风的卡片上写了当季果子的名字。

"整理完这些和干果子后,在开始营业之前,麻烦你拿一份刚才的上生果子给楼层长。"

"好。"

我按照椿店长的指示,核对完落雁和煎饼等耐放的盒装干果子后,把三种上生果子装进小盒子,然后到楼梯下方的小房间找楼层长。

"打扰了,我是蜜屋的店员。"我对着微开的门内叫道。

楼层长慢条斯理地转过头。

"有什么事吗?"

"椿店长叫我送这个过来。"

我递上纸盒,楼层长没有接过去,而且直接打开了盖子。

"哦,原来是新的当季果子。"

他小声嘀咕后,直接拿起"青梅"放进嘴里。

(咦?!)

"嗯……"

楼层长轻轻点了点头,咕噜一声吞下去后,又在转眼之间,把"紫阳花"和"水无月"吃完了。他一大早就吃三个豆馅的和果子,而且一口气就吃完了。

(……他到底有多爱吃甜食?)

我愣在原地说不出话。楼层长再度转过身,举起一只

手说:

"你告诉椿店长,本月的重点商品会刊登你们店里的商品,请她把照片送去宣传部。"

"好的,谢谢。"

他似乎很满意。当我回到店里转达后,椿店长也很开心地笑了。

"太好了!只要能够刊登照片,销量就会一飞冲天。"

"有这么大的效果吗?"

"当然啊,尤其是那些年长的顾客,经常看照片决定买东西。"

原来如此。我也经常熟读百货公司的广告单,尤其是五彩缤纷的食品,会看得更加仔细。

"但楼层长吃的速度也太快了。"

"第一次看到的话,一定会吓一大跳吧?他每个月要吃遍所有店铺的新商品。"

"所有店铺?这个楼层的所有店铺吗?"

不会吧?我记得这个楼层有三十家店。

"他的胃真健康。"

不不不,不是这个问题。

"他的舌头很灵光,所以都会亲自试吃,然后推荐他认为好吃的食物。"

嗯，从某种意义上来说，他的确很务实，但是——

（这对身体不太好吧……）

我偏着头，整理着盒装干果子，刚来上班的立花从我身旁走过去。一看时钟，九点五十五分。他今天上中班，从上午十点工作到晚上七点。

"早上好。"

"早上好，立花。"

打完招呼，最后检查各自的仪容后，我们站在展示柜内侧。不一会儿，馆内开始播放悠扬的音乐。

"各位员工同人，东京百货公司将在两分钟后开始营业，请各就各位，做好迎接顾客的准备。"

全馆广播重复了两次后，终于开始营业。第一批进来的顾客每次经过通道，所有工作人员鞠着躬说："欢迎光临。"当早起的老年人和临时来买伴手礼或是想要抢购限定商品的人找到心目中的店铺时，才终于恢复平静。

椿店长巡视通道后，打开下层展示柜，拿出一个东西。

"梅本，立花，你们过来，趁现在试吃一下。"

"试吃？"

"对，新商品上市时，大家都要试吃一下，才能够向顾客说明。"

"这份工作很棒吧。"椿店长用牙签把三种上生果子分成四等份,预留了樱井的份。

"来,请试吃吧。"

椿店长把牙签交给我,我先吃了一口"紫阳花"。五彩缤纷的四方形寒天*包着简单的白豆沙馅,外形很漂亮,味道也格外清淡,白豆沙馅入口即化。

(……好吃!)

寒天富有弹性,馅很快化为液体。瞬间在嘴里融化的感觉让我一时说不出话。高雅的口感让我忍不住想问,自己平时吃的麻薯馅到底是什么?蜜屋的上生果子一个要三四百日元,之前我一直觉得太贵了,但吃了之后,我认为价格的确合理。

"嗯,馅做得很棒。"

立花闭上眼睛细细品尝,点了点头,说出了很像和果子师傅的感想。虽然他努力假装面无表情,但嘴角忍不住上扬的样子超好笑。

接着,我们又吃了"青梅"。原本以为这也是豆沙馅的,

---

* 即琼脂。

没想到咬到中间，竟然是酸酸甜甜的味道，我惊讶不已。

"这是酸梅的味道。"

"把梅子甘露煮*捣碎后加进白豆沙馅，中间包了梅子果酱。"

椿店长看着传真过来的商品说明，也一起吃了起来。最后是"水无月"，我以前没见过这种和果子，而且不同于其他和果子，"水无月"的外形很不起眼。

（虽然味道好，但也很普通……）

扁平的外郎糕被切成了三角形，吃进嘴里有凉凉的感觉，表面的红豆不硬不软，带着淡淡的咸味。在众多外形华丽的上生果子中，外郎糕显得土里土气，感觉像是平时吃的和果子。

"好像只有这个感觉不太一样。"我偏着头说道。

立花瞪了我一眼，说：

"这个可以带来好兆头。"

"……吃了可以延年益寿吗？"

"立花，梅本不知道也很正常啊，这原本是京都一带的

---

*　甘露煮是日本传统煮物料理的方式之一，主要是用砂糖、蜂蜜等甜味调料熬炖食材。

习俗。"

椿店长指着贴在展示柜内侧的日历。

"首先,你应该知道六月也被称为水无月吧?"

"我知道。"

"一年有十二个月,所以,六月刚好是折返点。于是,以前的人就设了一个'冰节',在过节时吃这种和果子,为顺利度过的半年消灾,同时祈祷未来的半年平安无事。以前这种祭事名叫'夏越袯',在旧历的六月一日举行,到了现代,都在六月三十日这天进行。"

我只听过桃花节和端午节,没想到还有冰节。

"但是,为什么是冰节?是因为天气很热的关系吗?"

"对,听说那些达官贵人都含冰块消暑,但那个时代没有冰箱,所以普通百姓只能吃模拟冰块的和果子祈愿无病无灾。"

原来是这样,至少在心里想吃点冰块。我想象着古代人,深有感慨地吃着"水无月"。

"三角形是模拟碎冰块的样子,上面之所以放红豆,是因为红色可以驱魔,所以必不可少。"

我记下了和果子"活字典"立花的补充说明,点了点头。即使有顾客问,我也不必担心了。当然,问我味道也没问题。

＊

十一点一到,百货公司地下楼层顿时充满了活力,提早出来买午餐的上班族、打算在中午之前赶回家的老年人和主妇都会在这个时段来。蜜屋的员工必须轮流午休,所以我确认时间后,打了考勤卡。

热闹的景象将持续到十二点左右,大家开始迎接第一波销售高潮。食品馆内到处飘着熟食的味道,走在通道上的人都拎着便当袋,而甜点部门要到下午才开始忙碌,所以蜜屋仍然笼罩在悠闲的气氛中。

"我吃完午餐了。"

听到我的招呼声,椿店长对我说:"你回来了。"接下来轮到立花午休,但他在招呼顾客。看起来像是世田谷贵妇＊的女人年轻漂亮,她看了很久商品,迟迟无法决定要买什么,而且有时候靠在展示柜上,故意慢吞吞地挑选。

"……他该不会很有异性缘吧?"

我小声地问。椿店长扑哧一声笑了起来。

"这位顾客刚才的确离我比较近,却特地走过去找他。"

＊ 世田谷区是东京的富人区。

在那位顾客离开之前,立花无法去吃午餐。我打开展示柜,打算补充一些山药馒头。我蹲下来,伸出一只手,用竹制的夹子夹住了馒头。这时,隔着展示柜,我看到有人跑了过来。

"不好意思!"

踩着高跟鞋大叫着跑过来的就是之前那位女秘书。

"您好,欢迎光临。"

我正打算站起来,椿店长已经上前接待了她。

"呃,那个……"

她慌忙看着展示柜,椿店长一脸轻松地问:

"您该不会在找'水无月'吧?"

"啊?啊,对!没错,我要九个'水无月',麻烦你马上帮我包起来!因为要赶上午餐的甜点。"

"好的。"

我听到之后,立刻像之前立花为我所做的那样,准备了适当尺寸的纸盒、包装材料,并把收据放在椿店长手边,在顾客确认完和果子后开始包装。

"请问你今天为什么又知道?"

女秘书急得不停踩着双脚,还是忍不住纳闷地问。椿店长利落地写着收据,莞尔一笑,说:

"因为上次听您提到,您的上司喜欢茶道,所以就这么猜想。您昨天才刚来过，今天又来买，是不是半年来的灾难终于消除了？"

"……对啊！"

她接过和果子与收据，用力点着头。椿店长直视着她，一脸严肃地说：

"接下来一定会更好。"

这番话似乎打动了女秘书，她突然露出凝重的神情，说：

"对。谢谢你。"

我完全听不懂她们在说什么，傻傻地愣在一旁。这是怎么回事？椿店长简直就像百货公司地下楼层的算命大师。

"谢谢您连日惠顾，欢迎再度光临。"

椿店长深深地鞠躬，我也慌忙鞠躬送客。女秘书频频欠身道谢后，猛然转身奔跑起来。

"店长，这到底是怎么回事？"

立花站在呆若木鸡的我身旁小声嘟囔，但椿店长没有回答他的问题，而是突然快步走向和女秘书相反的方向。她果然去了仓库。

"呜噢嘎！"

隔着墙壁，听到了意义不明的大喊大叫，立花和我默默地互看了一眼，在微妙的气氛中站在店内。

＊

　　五分钟后,椿店长满面春风地走了回来,我们这次要求她说明情况。

　　"其实并不是什么了不起的事。"

　　椿店长露出温和的笑容,但立花并没有退缩。

　　"不,这样我会很在意,连午休也会心神不宁。"

　　"但是……"

　　"……身为店员,想知道店里发生的事,难道这样有错吗?"

　　立花平静而恭敬地说道。我觉得这样做反而比咄咄逼人的追问更有威力,所以忍不住在一旁敲边鼓。

　　"对啊,如果你不告诉我们,我们会一直惦记着这件事,之后都没有心情好好工作。"

　　"真是拿你们没办法。"

　　椿店长无力招架我们两个人的轮番攻击,故意重重地叹了一口气,从收款机旁拿了一张便条纸,放在展示柜上。

　　"她第一次来这里的那一天,买了十个和果子。"

　　她在说话时画了十个圆。

　　"其中一半是'兜',另一半是'落文',而且原本她只说要买上生果子,并没有决定要买什么。"

"你根据她来购买的时间和她的态度,猜想应该是年长的男性聚会要吃的。"

没错没错,椿店长当时就像算命大师。

"最后听那位顾客说,她的上司热衷茶道,所以我猜想应该是那位上司叫她来买的。"

包括热衷茶道的上司在内,总共有十名年长的男人聚会。

"也就是说,这十个人应该是公司的高层主管。"

"梅本,你真聪明啊。"

椿店长轻轻拍了拍手,在其中一个圆上打了一个钩。

"假设这个人是她的上司,她那天把和果子带回去后,她的上司知道本店有'落文'。"

"然后她的上司想到了什么,要求她再来买吗?"

"是啊,但也可能是她自己想要来买的。"

"啊?什么意思?"

如果是跑腿,没有人拜托,她自己主动来买,不是很奇怪吗?

"比方说,她第一天买了和果子回去后,可能向她的主管说明,'兜'代表了五月的人偶,猜猜'落文'代表的是什么?"

"假设他们曾经有过这样的对话,那她第二次来买的和果子，就代表了特殊的意义。"

　　九个"兜"和一个"落文"。椿店长用斜线涂掉另一个圆。

　　"当时十点刚过，你们认为她为什么会在那时匆匆忙忙来买？"

　　"……召开临时会议吗？"

　　"对，发生了公司高层必须紧急在上午开会的状况，是不是感觉事态有点严重？"

　　她在这么重要的时候只买了一个"落文"。

　　"把和果子端给高层主管时，可以随便找一个理由。她可能推说'刚好只剩这个了'，然后当着自己上司的面，把'落文'拿给特定的人物。因为那是临时会议，所以不会让人感到不自然，只不过可能会让人觉得这个下属办事不牢靠。"

　　画了斜线的那个圆代表了那个特定人物。

　　"我知道可能代表了某种意义，但到底代表了什么意义呢？"

　　对和果子知之甚详的立花似乎很在意自己不了解的由来。

　　"'落文'是把被虫子咬落的树叶比喻成书信。"

　　椿店长似乎想到了什么，从收款机下方拿出一本小型日语字典。因为偶尔顾客会要求在赠礼函上写一些很难的字，所以需要用到字典。

"你查一查'落文'是什么意思。"

我乖乖地翻字典。当我查到那个字时,紧张贯穿了我的全身。

"落文——故意掉落在走廊或路旁的匿名文书,上面写的是不方便公开的内容。"

在我头顶上张望的立花也静静地倒吸了一口气。

"不方便公开的内容……"

应该是匿名的告发。那是以和果子形状作为隐喻的炸弹。

*

"她第二次来买和果子时,应该知道某位董事有违法的行为,但因为董事会议已经开始,所以即使她想告诉上司也来不及了。"

于是,她把所有的赌注都押在"落文"上,她相信热衷茶道的上司一定能了解其中的意思。

"她用和果子暗示谁是叛徒吗?"

"八成是。"

椿店长在用斜线涂掉的圆上画了两条线。

"所以,她今天只买了九个。"

"有一个人已经离开了……"

立花皱着眉头说道。

"但是,怎么知道那个人离开了呢?搞不好是其他九个人背着他偷偷开会而已。"

"关于这个问题的答案,她刚才已经说了。"

"啊?"

"她说要买回去作为午餐会的甜点。仔细想一想,她十二点来买午餐会的甜点,就代表那些人已经在吃午餐了。"

她趁高层主管在吃午餐时来买和果子。

"但这样也很奇怪,既然已经准备好午餐,为什么唯独缺了甜点?"

"应该不可能没有送到吧。"

"是啊,我认为应该有餐后的水果,但那是十人份的。"

"十人份?"

这是怎么回事?我忍不住看着被划掉一个圆的便条纸。她到底是什么时候发现叛徒的?

"啊,我知道了,在前一天订午餐时,还是十个人。"我抬头说道。

椿店长用食指戳了戳我的脸颊。

"梅本，你真是太机灵了。"

"呃，不，没有啦。"

为什么突然对我这么友善？我因为这种体形的关系，以前就经常有人戳我的脸颊，所以早就习以为常了。

"店长，你在干什么啊？"

立花很不耐烦地尖声叫道。但椿店长露出从容的笑容，看着他说：

"正如梅本说的，今天只有九个人开会，应该是意料之外的事，她的上司看到她带回去的和果子预订表，发现今天是六月一日。"

"哦，为了庆祝公司平安无事，并促进日后的团结，所以要吃'水无月'吗？"

我脑海中闪现着上午的情景。椿店长当时对她说了什么？

"……半年来的灾难终于消除了！原来你是说消除了那个董事引起的灾难。"

"没错，赶走灾难，也赶走了叛徒，但其实是你昨天说，看到只有一个'落文'，感觉好像被欺负这句话启发了我。"

"原来如此，因为是冰节，所以相隔了半年。那么半年前，就有人在策划引起内部纷争吗？"

"应该是这样。"椿店长点了点头。太厉害了！但是，她通过和那个女秘书之间简短的对话,就能够了解这么多情况吗?

(也许无法说椿店长想错了,但是……)

可能只是她的臆测而已。我原本不想多嘴,但还是脱口说了出来。

"店长,你的推论无法得到证明啊。"

椿店长和立花的视线立刻集中在我身上,而且椿店长目露凶光。哇噢,仓库里的椿店长终于原形毕露了吗?我忍不住缩起了脖子。椿店长再度把手伸向我的脸。

"你真是冰雪聪明!"

……咦?她露出极度开心的表情戳着我的脸。

"很多人听到之后,也许……可能……搞不好就照单全收了,但是你的脑筋很清楚。只不过你放心,我有证据,你看!"

她拿出一张纸。我探头一看,上面是曲线的图表,角落写着那个女秘书任职的公司名字。在我的头顶上探头张望图表的立花看到公司名字,突然脸色大变地说:

"店长,这不是股价的走势图吗?"

他东张西望,很不自然地压低了嗓门。因为是午餐时间,所以有很多来往的顾客,幸好没有人注意我们。

"对啊,她第一次来这里买和果子的时候,我觉得她很可能会成为老顾客,所以就查了那家公司的股价,发现从半年前开始慢慢下跌。我在网络上查了一下,发现市场上疯传这家公司的董事在内斗,所以股价暂时下跌了。"

"请你不要这么大声说这种事!"

立花小声地训斥道,他的脸一阵红,一阵白。我完全投降,整个人傻了。谁能够想到,从一个和果子可以推理出这么重要的事。

"如果你们很在意,可以把这张表拿去仓库好好研究。立花,你可以直接午休了,否则轮到我去吃午餐时就会很拥挤。"

椿店长很自然地转身面对收款机。

*

一走进仓库,立花马上重重地叹了一口气。

"唉,真是够了!和店长在一起,寿命都会缩短。"

或许是因为在仓库的关系,他说话不再像刚才那么彬彬有礼,遣词造句也终于符合他的年纪。我觉得这样才自然,暗自松了一口气。

"店长平时也这样吗?"

"对,她很聪明,也很会招待顾客,和其他店相比,这家店的和果子损耗也比较少,我觉得她是一个好店长,只不过……"

"只不过?"

虽然很想听,可我有一种不好的预感,但如果不听,恐怕会更可怕。

"她很爱赌博,更爱八卦。最喜欢牛肉盖饭和啤酒,还喜欢招可爱的女生来当工读生。"

"啊?"

椿店长的乱吼乱叫的确很让人震撼,但是,招可爱的女生?

"店长外表虽然是女人,但内心是大叔!"

"哦……"

一下子听到太多令人震撼的事,我的脑袋快爆炸了,幸好有一个值得安心的要素。

(反正我不是可爱的女生。)

椿店长在面试我的时候应该很正常,否则不可能称赞我的指甲。嗯,反正对我没有危害,所以即使她内心是大叔也无妨,况且她的兴趣爱好也发挥了正面作用。

我想着这些事,心不在焉地看着椿店长刚才交给我的那张纸。这时，我发现图表的右侧，也就是图表的最后一个点微微往上走。

"立花你看。"

"什么？"

"你看这个日期。"

上面写着六月一日，也就是今天。

"股价又上涨了！"

虽然不知道是因为传言高管即将换人，还是已经正式公布了这个消息，总之，这家公司的股价正在逐渐恢复。

"社会上的很多事真的息息相关。"

我无法判断这起事件到底是好是坏，也许那个被赶走的人想要告发内部的不法事情，所以我也不能轻易说出"太好了"这句话。

这个世界上的很多事，无论是好是坏，都必须等到事后才知道结论。比方说，我没有继续升学，也没有进公司任职，而是在这家店打工，当朋友问我最近在忙什么时，我也无法回答。眼前的我只能继续向前走。

"梅本。"

"啊？"

"那个……"

立花近距离看着我,我快被吓死了。差点忘了说,这个人长相算是帅气。但是,他接下来说的话让我怀疑自己听错了。

"我可以摸你的脸吗?"

"啊?"

在我回答之前,他的手已经伸了过来,修长的食指和大拇指捏住我的脸颊。

(呃?)

怎么回事?为什么这家店的人都这副德行?我该做出怎样的反应?我对男人没有一丁点免疫力,向来走搞笑路线的我缺乏遇到这种状况的应对守则。此时,我的脸颊温度越来越高。

"哇噢,真的超软的!"

立花乐不可支地捏着我的脸颊。呃,这是女生之间经常玩的模式。他又兴奋地说:

"梅本,你的名字叫杏子,我以后可以叫你杏子吗?店长也太贼了,因为是女人,就可以尽情摸你的脸。"

他该不会是……

"立花先生,你是同性恋吗?"我脱口问道。

立花好像突然被浇了一盆冷水,整个人僵在那里。

"……果然会这么觉得?"

我的脸颊被他的双手夹住,但还是用力点头。

"之前的工读生说我很恶心,然后就辞职了。"

立花的手从我的脸颊上抽离,一脸难过的表情。我立刻挤出笑脸,抬头看着他。

"立花先生,我并不在意,因为我觉得这种事没有好坏之分,而是无可奈何的事。"

"……杏子!"

他的情绪急转直下,立刻露出感动的表情。这个人的喜怒哀乐似乎很强烈,但我并没有同意他可以这么叫我,而他接下来说的话让我更加混乱了。

"不过,我并不是同性恋。"

"什么?"

"我的态度好像会让人有这种感觉,但我是普通的男孩子,只是喜欢可爱的东西。"

不不不,普通的男生不会说自己是"男孩子"。

"我在店里的时候说话会正常,以后也请多指教。"

"呃,你把我的名字'杏子'念得好像'馅子'*,我无话

---

* 杏子的日语发音为"Kyoko",但立花故意念成"Anko",和豆沙馅的发音相同。

可说,但至少把后面那个'子'去掉。"

因为以我的体形,如果被叫成"豆沙馅",别人一定会联想到日本的国技相扑*。当我提出自己名字的妥协方案时,他瞬间双眼发亮。

"杏?那就和红发安妮**一样啦。好,就这么决定了,我要叫你小杏!"

他紧紧握住我的手,说:"今天和你聊得太开心了!"说完,他把透明拎袋挂在手肘上,蹦跳着冲出了房间。

……我该怎么办?

*

回到店内,椿店长满脸笑容地问我:

"是女生吧?"

"对,是女生。"

我们都省略了主语,算是展现了武士的慈悲一面,不,应该是女生的慈悲。

---

* 在相扑术语中,"Anko"指体形圆润丰满的力士,源自鮟鱇鱼的日语发音"Ankou",容易与"豆沙馅"混淆。
** 杏的日语发音为"An",和安妮的"Ann"发音相同。

"该怎么说，他好像是在女人堆里长大的。"

"据说时下流行称这种人为少女系男生。"

"对了，之前他看到'落文'时，还嚷嚷着说，简直就像情书，太浪漫了！"

我好像听到椿店长"啧"了一声，难道是我的心理作用？

"他不开口说话的话，倒是一个帅哥。真是太可惜了。"

"是啊。"

我和椿店长看着前方，天马行空地继续聊着天。

"店长，你刚才是故意的吗？"

了解立花的性格之后，我开始对椿店长的某种行为产生了疑问。

"你说哪件事？"

"你刚才是不是故意戳我的脸？"

立花在一旁看了很懊恼，所以才会亮明"身份"。

"你说呢？"

"还有花，你故意在立花面前很粗暴地把花丢掉。"

椿店长是不是希望立花赶快坦承一切？我脑海中闪过这个念头。椿店长看着我，露出亲切的笑容。

"你果然天资聪颖，我太喜欢了。"

最后，我还有一件事要确认。

"对了,股票有没有赚钱?"

椿店长在偶然的情况下了解了顾客公司的内情,她有没有运用在自己的兴趣爱好上?但是她嘟起嘴,竖起食指,说:

"这是秘密,但我真的很想摸你的脸,因为你的脸就像不二家娃娃*,太可爱了。"

哇噢,原来她录取标准的"可爱"范围这么广。

*

从开始打工已经一个月了,走在早就熟悉的地下通道上,我忍不住想到。

(那家店简直就像整人箱。)

看起来优雅动人的椿店长内心居然住了一个大叔,立志当和果子师傅的帅哥立花内心却住了一个少女。樱井的情况还不太清楚,但她能够和这两个人一起共事,我总觉得她似乎也不单纯。

"欢迎光临!"

椿店长满面笑容接待顾客时,内心也惦记着股价。

---
* 不二家是日本老字号点心品牌,其品牌形象为"牛奶妹"。

"欢迎再度光临。"

立花一脸凛然地对顾客说这句话时,手指却紧张地拨来拨去。

那,我的内心到底住了怎样一个人?

一年一次的约会

早晨醒来,看着窗外,天气晴朗。今天应该又是超热的一天。

"唉,唉。"

我叹着气,脱下被当作睡衣的T恤和短裤。虽然喜欢好天气,但出大太阳让我很伤脑筋。我一边脱衣服,一边急忙打开冷气的开关。

今天穿的是牛仔短裤和两件细肩带背心。最近流行的衣服下摆都很飘逸,很适合藏肉。藏哪里的肉?真的想知道?既然那么想知道,那我就说了,当然是万恶的"游泳圈"啊。

但是,当我不经意地回头看到镜子时,心情再度被推进深渊。

(我的"蝴蝶袖"太惊人了!)

我胆战心惊地抓起松垮的手臂赘肉,发现就像刚捣好的麻薯,可以拉得很长。好舒服啊。不对,手臂上的肉和腰上的肉不同,想藏也藏不住。

"早上好……"

我带着沮丧的心情坐在餐桌旁。妈妈正心情愉快地用平底锅做着早餐。这种大热天还要站在煤气灶前,我不由得开始敬佩她。

"啊哟,起床啦,今天的早餐是你最爱吃的。"

我妈得意地把盘子递到我面前,热腾腾的法式吐司被煎成金黄色,加了大量牛奶和黄油,又淋上满满的柑橘果酱代替糖浆。

啊,看起来超好吃。我差一点扬起嘴角笑了起来,但还是努力忍住了。不对不对,这样可不行,这是恶魔的食物——砂糖和油脂。我就是因为每天吃这些东西,所以才会有惊人的"蝴蝶袖"。

但是……既然已经做好了,总不能一口也不吃。好,那就吃一半,剩下一半就好。我为自己和妈妈各泡了一杯红茶,然后坐在餐桌旁。

"我吃饱了。"

咦?盘子什么时候空了?我舔着嘴角的柑橘果酱,才终于发现这件事。惨了，又在不知不觉中全都吃完了。于是，一大早我就陷入了极度自我厌恶。

（真受不了！一辈子都不可能减肥了！）

出门时，我穿了一件薄短袖开襟衫。反正电车内冷气很强，而且还能掩饰"蝴蝶袖"。考虑到一流汗，脸上的妆就会花掉，所以我完全没化妆。但今天一大早就阳光灿烂，洋葱式穿衣术无法发挥任何作用，烈日无情地晒在没有任何保护的皮肤上。早知道如此，应该搽防晒霜再出门。但当我想到这件事时，已经到了车站。

虽然腋下和后背微微渗着汗，但我假装没有察觉，继续等电车。只要一上车就凉快了。但是，天啊，为什么我刚好坐到了弱冷车厢？

（不热，一点都不热。）

我不停地自我暗示，撑到要下车的车站。如果现在流了汗，一大早的努力就泡汤了。虽然很想脱掉短袖开襟衫，但晃来晃去的"蝴蝶袖"拉吊环的样子不够美观，只得作罢。

夏天对胖子来说是和汗水奋战的季节，却不能穿薄衣服，泳装更是大忌。

……想要逼死我吗？

＊

百货公司有两个员工入口，一个在百货公司后巷，另一个在通往车站的地下道。后巷的那个入口同时也是送货车辆的出入口，所以一眼就可以看到。但位于地下人行通道的入口很隐蔽，乍看之下根本难以察觉。

沿着地下道往前走，可以看到一条好像建到一半就停工的死巷通道，沿着这条大部分人绝对会错过的通道一直往里走，才终于看到一扇老旧的铁门。

打开这道上面没有写任何字的门，有差不多七平方米大的空间，前面又是另一道铁门。通常走到这里时，我会忍不住怀疑自己是否走错了，幸好第二道门上用小字写着"东京百货公司员工专用·闲杂人等请勿入内"。

这里是地下迷宫吗？还是故意找麻烦？总之，地下通道入口就是在如此不容易找的地方。

"这家百货公司很老旧，搞不好以前是军事机构。"

椿店长竟然对我说出这种好像是都市传说的话，但我觉得不像是军事机构，只是怕一般民众误闯入内而已。

从那里继续向下走三个楼层，就会看到保安室。紧张地通过监视摄影机后，就是员工服务台。

"早上好。"

"早啊。"

我在道"早上好"的同时出示员工证,坐在柜台内的一个年纪已经接近奶奶的大婶向我点头。系着围裙的大婶除了在这里检查员工证以外,还负责管理更衣室,所以她从早到晚都在这个地下室。如果谁不慎遗失储物柜的钥匙或是遗失私人物品,只要告诉大婶,她就会协助处理。但我感觉她不是在这里工作,而是住在这里,浑身散发着一种威严。

这里相当于地下四层,是完全照不到一丝阳光的地底世界。整天在地下一层工作就已经快受不了了,而她每天都在这里工作,实在太了不起了。如果这家百货公司是地下迷宫,她应该就是入口商店的老板。虽然大婶不说话时很可怕,但感觉只要和她打招呼,一定会得到有用的信息。

"今天也很热。"

我听从自己的心声,向大婶打了招呼。虽然很多人经过时都闷不吭声,但从小在商店街长大的我觉得这样做很没礼貌。

"对啊。"

大婶轻轻点了点头,打量了我一眼,说:

"啊,对了,今天下班时会有零食特卖,都是一些平时不打折扣的店铺推出的特卖商品，你也可以去买一些。"

看吧，我就知道。打声招呼果然不吃亏。

经过服务台后，前面又出现另一个柜台。那是一家洗衣店，专门清洗员工制服。虽然也有员工带回家洗，但这里的洗衣价格比外面便宜，所以很多员工在这里洗，而且可以避免忘记带制服的情况发生。

（不知道新井洗衣店是否也做清洗制服的生意。）

我想起我妈打工的洗衣店，突然有一种亲近感。我以前的学生制服好像也都被送去那里清洗，只不过现在穿的是不同的制服。我自言自语着，继续往前走。

前面分成两条路。没错，再往前就是更衣室。我毫不犹豫地打开写了"女子更衣室"的门，来到自己的储物柜前。

灰色的储物柜一看就知道是业务用的，中间放着长椅，如果光线更明亮，就很像都立游泳池的更衣室。

我拿出因为使用多年而陈旧的钥匙，打开了自己的储物柜。里面有一双黑色低跟皮鞋，一件裙子，还有一条围裙。我拿出在家洗干净的衬衫和丝袜，换上了制服。虽然出门前犹豫了一下，但还是带了短袖衬衫，因为与其穿长袖流汗，还不如穿短袖，即使稍微觉得有点冷也没有关系。

"唉，今天真是太热了。"

"对啊对啊,超讨厌。"

我正在换衣服时,背后传来同样上早班的人交谈的声音。

"但楼上又很冷。"

"楼上还算好啦,一层空调都设定得特别冷。"

原来是这样。一层因为有顾客进进出出,温度容易升高,所以空调设定得比较低。我回想起每次走进百货公司时凉快的感觉。这里并不是地下楼层员工专用的更衣室,听其他楼层的工作人员聊天很有意思。

"但我们的楼层长说,开襟衫不符合目前的季节,所以不可以穿,他自己倒是穿长袖的西装。"

啊呀呀,真是太过分了。我用力抽紧围裙的腰带并系好,锁上了储物柜。

"不过没关系,反正我今天负责展示会。"

"对啊。"

"那个楼层不怎么冷。中元节真是太赞了。"

中元节。我从来没有在中元节送别人礼物,当然也没收过,对我来说,那是一个陌生的习俗,但大人每年都要花费一大笔钱买中元节赠礼。每到那时,卖场如临大敌,所有的店铺都会张贴"中元赠礼"和"夏季赠礼"的海报,也会增加热门商品的库存。虽然会在活动会场设置中元节礼品专区，但各店的收银台前总是挤满了写送货单的顾客，人满为患。

说七月的百货公司几乎都被中元节支配丝毫不为过。

*

中元节期间，百货公司地下楼层的卖场基本上分为两大类。其中一类是卖点心和腌渍物等礼品的店铺，另一类是卖熟食、面包和饼干等外食的店。蜜屋当然属于前者，所以我也一起投入了中元节商战。

"本店中元节的主力商品是水羊羹和葛切粉条。"

椿店长说完，把水羊羹放在小盘子上。只要轻轻拿起，水羊羹就在盘子内摇晃抖动，一看就知道很柔软。上早班的立花和我分别拿着小茶匙舀了一勺放进嘴里。

"太……太好吃了！"

维持最低凝固状态的水羊羹在舌尖上滑动的同时融化，和我平时在家吃的罐装水羊羹完全不一样。葛切粉条的糖浆有柚子风味，吞下去之后，齿间仍然留有清新的香气。

"嗯，很不错，水羊羹够柔软，葛切粉条的弹性绝佳。"

立志成为和果子师傅的立花一边吃，一边深深点着头。

蜜屋每次有新商品上市，大家都会一起试吃，至今为止，试吃的每一样新商品都很美味。

"店长，这些商品的保存期限是多久？"

吃完之后，我拿着便条纸问道。

"水羊羹是三个月，葛切粉条是一个月，综合礼盒中的干果子和霰饼是三个月。"

来店的顾客大部分都是买和果子送礼用，所以我必须记住所有商品的保存期限。

"好了，离开店营业还有二十分钟。"

椿店长瞥了一眼墙上的时钟后，突然看着我的脸。

"梅本。"

"嗯……嗯。"

我以为她又要捏我的脸，绷紧身体紧张起来，但是她没有伸手。

"你今天该不会没化妆吧？"

"哦，对啊。"

因为我觉得即使化了妆，一流汗就花掉了，还不如干脆不化妆。而且作为卖食品的店员，清洁感最重要。但是，椿店长的表情很严肃。

"你有没有带化妆品？"

"呃，只带了口红……"

"真是拿你没办法。立花，你可以带她去一层的五月姐那里吗？"

一层的五月姐？我偏着头纳闷，立花则露出嫌恶的表情后退着："我很怕她……"

"真是拿你没办法，那我带她去，如果来不及赶在开店前回来，这里就交给你了。"

椿店长说完，拉着我的手迈开步伐。

"啊？请……请问要去哪里？"

"去魔女那里。"

我们穿越地下楼层的食品卖场，沿着员工通道走去地下二层，从那里走楼梯来到百货公司最热闹的一层，来到我最不喜欢、闪闪亮亮的化妆品卖场。

"不好意思，在开店前这么忙碌的时候打扰，可不可以拜托你一下？"

椿店长对着被柱子围成一圈的专柜说道。一个人转过头。

"啊呀，是椿姐，有什么事？"

那是一个年轻漂亮的姐姐，巴掌大的脸上有一双大眼睛，简直就像明星。她就是魔女？

"可不可以请你帮她稍微化一下？"

椿店长不由分说地把我塞进化妆品专柜的椅子上，名叫五月的女人看了我一眼后，又看了一下时钟。

"三分钟就可以搞定，你放心吧。"

"谢谢，下次我请客。"

椿店长挥了挥手，又沿着来路走了回去。离开店还有十五分钟，不知道五月姐挤了什么东西在手上，然后她突然抓住我的脸。

"啊——"

"乖乖闭上眼睛和嘴巴，否则要花五分钟。"

她用力把像是乳霜般的东西抹在我脸上，然后用一次性化妆海绵匀开，扑上蜜粉后，用眼线笔在我的眼皮上画了起来。

（我的眼睛快被戳瞎了！）

我害怕地抽搐起来，努力克制自己想要逃开的冲动，没想到这时听到她发出相反的指令。

"张开眼睛，把嘴唇嘟起来。"

我乖乖地遵从她的指示。她用刷子在我的睫毛上刷动，将口红滑过我的嘴唇，利落地画出轮廓。

"搞定了，赶快回卖场吧。"她拍了一下我的脑袋说道。

当我抬起头时，五月姐已经站了起来，正在擦手。

"谢……谢谢你。"

我深深鞠了一躬，看到白色的东西在眼前飘舞。

"记得用纸巾轻轻按下嘴唇。"

"好的。"

"别浪费自己的年轻可爱。"

这句话让我无法点头，所以只能不置可否地笑了笑，然后跑向员工通道。

回到店里，椿店长一脸佩服地抬头看着时钟。

"不多不少，刚好三分钟，五月姐太厉害了。"

"而且完美无缺。你有没有照过镜子？"

一旁的立花递给我一面小镜子。我没有问他身上为什么会有镜子，但一照镜子，我忍不住叫了起来。

"这是谁啊？！"

镜子中，一个脸颊有点丰腴的大眼睛女生露出惊讶的表情。

"魔女的魔法很厉害吧？"

"太可怕了。自从认识五月姐后，我无法再相信女人。"

"简直是化腐朽为神奇……"

在那么短的时间内,而且动作那么粗暴,竟然完成了这么细腻的妆容。让我的脸在化完妆后反而看起来更自然,的确是一种魔法。

"我说梅本啊,"椿店长看着我,"我并不是叫你浓妆艳抹,但既然在百货公司上班,就需要化最低限度的淡妆,这是对顾客的礼貌,所以希望你随时搽口红,你明白吗?"

"我知道。"

虽然我懂这些道理,但有一点点无法接受。因为我觉得卖食品的店员不应该化妆,干净、整洁才最重要。

别人把我变漂亮,我当然不可能不高兴,于是抬头挺胸地再度站在柜台前。

*

刚开始营业,顾客就上门了。那是一个看起来像大学生的女生,是和果子店的稀客。她仔细打量了展示柜后缓缓问我:

"呃,我听说有七夕的和果子。"

她说的是上生果子"星合"。我指着展示柜中黑色馅底上点缀着透明寒天的和果子。

"啊?这个吗?"

她的惊讶完全合情合理。因为水蓝色的银河和黄色的星星才符合七夕的感觉,但"星合"的设计是黑色上面有一只鸟。

"这为什么代表七夕?"

看到这款和果子时,我也问了椿店长相同的问题,所以立刻现学现卖地向顾客说明。

"黑色代表夜空,之所以没有星星,是因为还看不到银河。这只鸟是喜鹊,喜鹊搭起鹊桥后,牛郎和织女才能见面。"

"嗯嗯。"她频频点头。

"所以,这只喜鹊正准备搭鹊桥。"

"哦,原来是这个意思。原本觉得很不起眼,听你这么一解释,觉得好浪漫!"

"是啊。"我也对着她点头,"我也觉得表现牛郎和织女相见之前的意境很别出心裁。"

因为七夕是牛郎星和织女星相见的日子,所以也被称为"星合"。听完我的说明,她竖起两根手指。

"那我要两个。"

"好的,请稍候。"

买两个,是和男朋友一起吃吗?我暗自想着,把两个漆黑的夜空放在托盘上。啊,我想起以前也做过这种事。

那是读中学的时候,因为我朋友想在情人节向心仪的男生表白,所以让我去把那个男生叫出来。那个男生是学长,再加上我向三年级的教室张望时很紧张,结果差一点闹得鸡飞狗跳。当我告诉学长,朋友在操场的樱花树下等他时,他立刻跑去操场,我则躲在暗处看着他们。

最后,朋友表白成功,乐不可支,所有人都皆大欢喜。我至今仍然不时回想起那段往事。虽然我当时没有想要表白的对象,却有暗恋的对象,只不过因为自己外表的关系,不敢说出口。就在那时,朋友问我:"如果你有空,可不可以帮我?"所以我才会为她奔走,就是这么简单而已。

这个故事中没有坏人,也完全没有任何问题,但为什么我会这么惆怅?一定是因为喜鹊也有喜欢的对象,却要独自在夜空中飞翔。想到这里,我觉得内心隐隐作痛。

"让您久等了。"

结完账后,我把盒子交给她。她笑着说:"不过好像有点太早了。"但今天是七月六日,一点也不早啊。

或许是因为我露出纳闷的表情,她苦笑着说:

"不,我说的是旧历的七夕。对不起,把你搞糊涂了吧?"

"啊,原来是这样。"

旧历的七夕比公历更早还是更晚？我暗自烦恼起来。刚好接待完顾客的立花走了过来。

"北海道和仙台等地过的是旧历的七夕，本店为了遵循不同地区的习俗，下个月也有七夕的和果子。"

对啊，原来旧历的七夕比较晚。我隐约记得中华街的旧历新年好像在元旦之后，为了记这个月的和果子，我已经脑汁枯竭了，所以赶紧在心里记下这件事。

"是吗？那我下个月也要来买。"

她拿了一张蜜屋的宣传单，开心地离去了。

"原来八月也会推出七夕的和果子。"

"东京很少见，但有些热衷茶道或是喜欢和果子的人都很重视旧历。"

立花侃侃而谈着丰富的知识。听说他想当和果子师傅，但我认为他更适合当店员。

"对了梅本，你有没有写签纸？"

椿店长打开收款机旁的抽屉，递给我一张小色纸。

"哦，还没有。"

"机会难得，要不要写一张？我们会根据旧历，放到下个月。"

展示柜旁放了一根小竹子，竹叶上已经挂了几张签纸。

许愿吗?不久之前,我的愿望是找到工作,现在姑且算实现了愿望。那下一个愿望应该就是减肥吧。

(不不不!减肥不能靠许愿,必须靠努力!)

我把签纸放进口袋,暂时封存了这件事。

*

接着,来了一位可爱的奶奶,枯黄色的短袖针织衫和白色裙子穿在她身上很好看。

"我想买中元节礼品。"

"请问您想要什么样的商品呢?"

"我想想,那就买六个装的水羊羹,另外还要买自己吃的上生果子。"

我在送货单上填写了商品名后,拿着便条纸说:

"本月的上生果子是'星合'、'夏橘'和'百合'。"

"那给我'百合'和'夏橘',哦,还有'松风',那就各买一个。"

"百合"是用白豆沙馅仿真百合花形状的高雅造型;"夏橘"是可爱的橘子造型,里面包着橘皮的砂糖渍。

(啊,和奶奶的衣服颜色一样。)

我把和果子放在托盘时想到,"松风"是茶色,所以并不是为了搭配颜色。我从长销商品区拿出"松风"后站了起来,在椿店长协助结账时,把和果子装进盒子并放进了纸袋。

"我可以请教一下,下个月的和果子是什么吗?"

"呃,请等一下……"我转头想看下个月的预订表。

"是'清流'、'鹊'和'莲'。"椿店长回答道。

"啊哟,'鹊'该不会是七夕的果子吧?"

"是,因为也有顾客喜欢过旧历的七夕。"

好厉害。我即使听到鹊,也不会立刻联想到七夕,喜欢茶道的人果然知识丰富。

"真期待。"

奶奶把送货单的副本收进皮包后离开了。

"小杏,你在写什么?"

午休时,我正在仓库内,立花探头问道。内心住着少女的他对这种活动的反应很敏感。

"没写什么,因为也没特别的愿望,那就写世界和平吧。"

"什么?!"

他故意做出夸张的动作向后仰。

"七夕许愿不是要许关于恋爱的事吗?最近甚至有人把

七夕称为'夏季情人节'。"

那只是大众看法而已,而且夏季情人节是什么?这个国家的人到底要创造多少让单身者看起来更孤单的节日啊?

"但我并没有喜欢的对象。"我自暴自弃地说。

立花频频点着头,说:

"那就写'希望我的牛郎星早日出现'啊。"

谁敢写这么丢脸的事?我虽然这么想,但不敢说出口,只好反问他:

"你写了什么?"

"我吗?那是我的秘……密。"

搞什么啊?我只要去看那根竹子,不就知道了吗?

"那我的也是秘密。"

其实我只是想不到要写什么,所以故意这么说。立花用食指戳了戳我的脸颊,说:

"真是拿你没办法,秘密是女生的特权啊。"

……难道只有我很想在他说话的结尾加上心形符号吗?

樱井下午来上班时说的第一句话就没礼貌到了极点。

"梅本,你变脸了。"

我在仓库内收拾东西准备回家时,再度看了一眼镜子。虽然从上午到傍晚已经过了很久,但五月姐为我化的妆竟然还没有脱妆。

"一层化妆品专柜的五月姐帮我化的妆,椿店长叫她魔女,但她很漂亮。"

"嗯,三分钟可以化得这么漂亮,的确是魔女法术。真好,我也想学。"

"你现在化的妆就很可爱啊。"

应该说,她的五官原本就很漂亮,根本不需要化妆,但她嘟着嘴,仔细打量着我的眼睛。

"不瞒你说,我很不会化妆,所以每次化妆时间都超久,而且很容易化成大浓妆,我想学化这种很有气质的妆。"

"你以前很时尚吗?"我半开玩笑地问。

她苦笑着说:

"虽然不潮,但衣着打扮有那种味道,现在回想起来觉得很丢脸。"

我从来不知道,原来人的服装改变时,脸上的妆也要跟着改变。话说回来,我那些去公司上班的同学,不管喜不喜欢,每天都得化妆吧?

这就是大人的礼仪吗?我讨厌这种礼仪,因为打扮漂亮和工作本身根本是两回事,况且大部分男人不也没化妆吗?为什么只要求女人化妆?

我暗自愤慨地结束了一天的工作,回到家时,脸上的妆还是被大加称赞了一番。

"喂,杏子!你到底做了什么?!"

"只是请化妆品专柜的人帮我化了妆而已。"

"你是说东京百货公司一层的化妆品专柜?"

"是啊。"

我从冰箱里拿出麦茶,我妈目不转睛地看着我的脸。

"……那我下次去那里买化妆品。"

"什么?"

我怀疑自己听错了。我妈对化妆品的判断基准向来都是价格重于质量,而且都要邮购,她从没去过百货公司的化妆品专柜。

"因为只要买那里的化妆品,不就可以有这么大的变化吗?"

"但那里只卖化妆品啊。"

"我当然知道,只要我在那里买化妆品,为你化妆的人不就会教我化妆的诀窍了吗?"

哦,原来是这样。我这时才终于知道,化妆品专柜那些漂亮姐姐存在的意义,她们本身的化妆技巧也是商品。

我希望像她那样漂亮。化妆品专柜小姐了解广大女人的心声，所以才会打造出像我这样的活广告。

（原来她并不是白白为我化妆。）

只要认为那是工作，就觉得那个楼层或许并没有那么可怕。我走回房间时，刚好回家的哥哥也对我惊讶不已。

*

七月上旬在忙碌中结束，终于来到中元节了。今天学校放假的樱井也来店里上班。

"这个月都很忙，但也很有成就感。虽然注意力容易集中在送货这件事上，但别忘了目前天气很热，所以也要充分注意和果子的保存期限。"

听了椿店长的话，所有人都点了点头。九点五十五分，我们站在展示柜前，做好了准备。开始营业的音乐响起，从地下通道直接通往食品馆的门一打开，就有几名顾客走了进来。

"这是名单，我想买预算三千日元的商品。"

一个大叔递过他手上的纸，站在展示柜前。

"好的，三千日元的话，有这一款和这一款……"

"哦，那就要这个。"

他打断了我的话,指着我最先拿出的葛切粉条说。

"内容不重要,只要寄三千日元的东西就好。"

"没问题,那请您填写一下送货单。"

虽然我有点生气,但还是面带微笑,递上了快递的送货单。但大叔并没有拿起笔。

"不好意思……"

"你赶快写啊。"

我以为自己听错了,但大叔很不耐烦地继续说道:

"赶快帮我写完结账啊,我不是已经把名单写给你了吗?"

给我了?我看着他刚才丢在展示柜上的纸,上面有二十个人的住址。除了不方便写字的顾客以外,蜜屋都要求顾客自行填写送货单,而且二十人份的地址不可能一下子写完。

(该怎么办?)

"你在磨蹭什么?"

听到大叔的话,我扫视着周围。椿店长正在把生果子装进盒子,立花正在接待寄中元节礼物的顾客,樱井正在结账,我无法找他们帮忙。

我只能代他写吗?我脑子一片混乱,但还是拿出了送货单,数了二十份。这时大叔又大声吼道:

"不必数了，从上面开始写不就好了嘛！"

（那你为什么不自己写？！）

我脑子仍然一片混乱，把地址抄写在第一张送货单上，写到第二行时，我发现自己犯了重大的错误。我竟然把好几份送货单叠在一起填写，这样的话复写纸会把字印出来，下面的送货单就作废了。

我慌忙把下面的送货单抽出来，其中几张掉落在地上。我正在捡的时候，大叔又叫了起来：

"喂，别给我用掉在地上的送货单啊！"

不需要你提醒！我捡起送货单，快要哭出来了。

这时，有人滑到我身旁。

"樱井……"

"别担心，那种大叔根本不是对手。"

她蹲在展示柜后方小声对我说。

"看我的。"

说完，她猛然站了起来。大叔看到她突然从柜台下方冒出来，似乎吓了一跳，身体微微向后仰。

"这位先生，您好像在赶时间，我也一起帮忙。"

樱井笑容可掬地说完，猛然把刚才捡起来的送货单递到大叔面前，好像要给他一拳。大叔忍不住缩起了身体。

"这些是刚才掉落在地上的送货单,为了证明我们的确销毁了,所以容我在您面前失礼了。"

她一说完,立刻用双手"嘶——嘶——"地撕了起来。

"梅本,你也一起撕啊。"

听到她的催促,我也跟着撕了起来。但樱井撕纸的方式很不寻常,她一次又一次地撕得粉碎,简直就像用碎纸机处理过。

"喂,喂!"

"为了防止个人信息外泄,所以一定要彻底销毁。"

樱井再度露出笑容,然后重新拿出二十份送货单放在顾客面前。

"我知道您在赶时间,真的很抱歉,但分工合作比较快,我和她分头负责写寄送地址,可不可以请您写下自己的姓名和地址?"

"不,这……"

大叔做出最后的抵抗时,樱井用力探出身体,注视着大叔的眼睛说:

"您应该愿——意——协——助吧?"

"是……是啊。"

"谢谢您!真是帮了大忙!"

赢得漂亮。我的脑海中浮现出这句话。

"刚才太谢谢你了。"

樱井去仓库拿库存时,我追上去对她说。

"不必放在心上,那个大叔真让人火大!"她拿了装和果子的盒子后转过头笑着说,"但是很痛快吧?"

"百货公司经常有这种顾客吗?"

我对是否能挨过接下来的旺季感到不安,忍不住很没出息地问。

"嗯,偶尔会有一些不讲道理的白痴,但你不必放在心上,可以像立花那样公事公办,如果实在应付不来,就去找店长。"

"是啊。"

所以说,保持平常心就好。没想到樱井突然压低声音说:

"但如果还是很火大……"

"啊?"

"记得告诉我,我会给他们点颜色瞧瞧。"

什么?她一脸可爱的表情说了什么?是我幻听了吗?

"开玩笑啦。"

樱井吐着舌头笑了起来。

"我想早晚会露馅，所以不如自己先招供，我以前是不良少女。"

"啊？啊啊啊？"

不良少女不就是不戴安全帽四处飙车，染一头金发，脸上化着超浓的妆，还会去恐吓别人吗？

(……樱井也曾经这样？！)

她个子这么小，脸也只有巴掌大，我无论如何也想象不出她是不良少女的样子。看到我一脸茫然，樱井打开手机给我看。

"这就是我以前的样子，是不是看起来超蠢？"

照片中，一个化着超浓妆，根本看不清原来长相的女生比着V形手势，穿了一件紫色背心和连内裤都快要露出来的超短牛仔裤，脚下踩着一双细跟过膝长靴。

(啊……)

"不过，我已经改邪归正了，现在是普通的女大学生，所以不必担心，但说话有时候会露馅，到时候记得提醒我。"

"嗯，好啊。"

难怪樱井为自己准备了一张写了敬语的便条。我点了点头，她对我嫣然一笑。

"你不会也不必要紧张，你学习能力很强，又很冷静，难怪椿店长看好你。"

"谢……谢谢你。"

椿店长以前该不会也是不良少女吧?所以她的性格才那样多变吗?我还没有搞清楚这个问题,樱井已经走了出去,我慌忙跟在她后面。

上次是少女,这次是前不良少女吗?

*

"旺季"是我人生中第一次使用的大人用语,而且目前正在充分体会。

顾客选好商品,写好送货单,店员结账,确认库存,然后包装。当送货单累积到一定数量后,将其放在推车上,送去寄送站所在的楼层办理手续,再分别装到寄送所在区域的巨大箱子中。

东京百货公司和多家不同种类的货运公司签了约,所以必须将货送到不同的窗口办理。比方说,如果是东京的二十三区内和邻近的县市,就要委托以"廉、近、短"为宗旨的"蜜蜂急便",其他地区则交给"黑猫宅急便",另外还有"超急配"。

"超急配"听起来很威风,但这个窗口其实超可怕,因为超急配就代表必须由百货公司的职员"亲自送达"。遇到超级大客户,或是万一送货出了差错会有不堪设想的后果之类的订单,就需要用这种服务。因此,只要看到这里放了货品,员工都会微微垂下双眼走过去,无言地表达同情的意思。

(但这么一来,就根本搞不懂自己到底是和果子店的店员,还是送货员了。)

我脑袋里想着这些事,在店里和送货站之间来回跑了一趟又一趟。

"借过一下!推车来了!"

我大声叫着,在挤满顾客的通道上缓缓前进。

"借过一下!借过一下!"

遇到不愿意让路或是顾客带着听不懂话的幼儿时,就要连续叫好几次。好不容易来到货梯前,因为只有一台货梯,所以往往迟迟等不到。在等待期间,我会和也要去寄货的其他店的员工聊天。

"你是蜜屋的?"

"对。"

"你们的和果子虽然有点贵,但真的很好吃,我偶尔会买。"

西点店的人对我说话时，重新系好围裙的腰带。

"我真是受够了，冰淇淋都见鬼去吧！"

搬着沉重冰淇淋的意式冰淇淋店员快爆炸了。

"我也很想把这些都丢掉。"

酒铺的店员拎起高级葡萄酒嘟囔道。

"这该不会是超急配吧？"我忍不住问。

他用力垂下肩膀，露出无力的笑容。

日复一日，我和这些如果不是因为中元节就不可能交谈的人之间渐渐产生了一种奇妙的团结意识。这种不可思议的伙伴意识很适合用"战友"这两个字来形容，这种感觉很有趣，所以我忍不住有点喜欢中元节了。

每天四处奔波，累得精疲力竭，一回到家，我倒头就睡。

（但我并不讨厌这种生活。）

在更衣室准备回家时，我忍不住笑了起来。虽然之后也遇到过几个像之前的大叔一样讨厌的顾客，但我自从听了樱井给我的建议后，都顺利应付过去了。甚至有人要求一起寄送自己带来的东西，或是要求免运费，但只要我心平气和地正常应对，就不会发生问题。

（反正如果遇到真正麻烦的顾客，楼层长会出面解决。）

我也了解到旺季特有的乐趣，那就是会在员工区举行特卖会。不知道是否是为了安慰累坏的员工,在中元节期间会以比平时更低的价格推出杂货或食品,我每次都忍不住买一盒综合可乐饼或泡芙。

(反正就是有一种过节的气氛。)

中元节对顾客和店铺都是一件非比寻常的大事,百货公司方面显然觉得,既然是一件大事,那就开开心心地迎接这场盛事。

*

八月上旬,中元节结束后,暑假就开始了。这是我人生中第一个没有长假的夏天,虽然只要事先申请就可以有连续假期,但我春天时休息了很长时间,所以就照常上班了。

去年的这个时候,我和朋友去游泳,唱卡拉 OK,过得很悠闲。不知道其他人现在在做什么,是不是去参加社团的夏令营,或是和男朋友去旅行了?认真想这些事,心情会越来越沮丧,所以我抬起头,看着食品馆内。

卖西点的姐姐在切西式馅饼,卖意式冰淇淋的女生不停地用勺子把冰淇淋堆高。嗯,这里的人都在工作。想到这里,我的心情顿时变轻松了。

有带着孩子的家长，也有学生的身影，当食品馆变得莫名拥挤时，就很有暑假的味道。

可以当场吃的可乐饼和冰淇淋柜台前大排长龙，而由于喜欢和果子的年轻人比较少，所以我相对比较空闲。当我心不在焉地看着热门的西式熟食和知名的西点柜台时，一位熟客对我说：

"呃，我想买七夕的和果子。"

"啊，你上个月来过。"

原来是上个月来买"星合"的女生。我想起这件事，于是走到上生果子的展示柜前，向她介绍了"鹊"。"鹊"是在白色外郎糕上烙上鸟和星星图案的和果子，看上去就像一幅水墨画，虽然素雅，却很有质感。

"这就是'鹊'。这次是喜鹊搭完鹊桥，让牛郎和织女顺利见面后正在休息的样子。"

"这两颗星代表了已经见过面的两个人吧？"

"对，今年蜜屋推出的是七夕前和七夕后的和果子。"

看到"鹊"的时候，我暗自感到高兴。因为我觉得自己就像那只喜鹊，看着它就仿佛有人在犒劳我说"辛苦了"。

"好美啊，这个不放冰箱可以保存多久？"

"只要不放在烈日下暴晒，应该不会有太大的问题。"

和果子在没有冰箱的时代就开始制作,所以比蛋糕更耐放,只有干燥到引起表面干裂才是真正的大敌。

"离我出发差不多有一个半小时,如果包括路上的时间在内,恐怕会超过六个小时,没问题吗?"

"嗯……"

我无法判断,所以找来了和果子"活字典"立花。

"六个小时的确有点久,虽然不至于变质,但也无法保证能够在完美的状态下享用。"

女孩听了,立刻露出难过的表情。

"因为我很想和某个人一起吃,见面前有三个小时是在有冷气的地方,所以问题不大,但之后要怎么保鲜呢?"

"那就要用干冰。"

立花偏着头回答。刚好有空的椿店长走了过来。

"我认为保冷剂比较理想。"

"为什么?"

保冷剂比干冰持久,但温度偏高,所以冷藏保存生果子时,通常都使用干冰。

"因为您准备坐飞机吧?"

"啊?"

我和立花,还有那位顾客同时惊叫起来,因为完全没有人提到飞机的事。没想到椿店长一脸得意地开始说明。

"如果去北海道或是仙台,当地的和果子店应该有七夕主题的商品,所以,这代表您要去的并不是这些地方。您刚才说,有三个小时是在有冷气的地方,代表是要坐火车、大巴或飞机等交通工具。"

"但为什么你觉得是飞机呢?"

她纳闷地问。

"假设您要坐的是新干线,三个小时的话,可以到仙台、京都等在旧历七夕也可以买到七夕和果子的地区,所以根本不需要在东京购买。"

的确,这位顾客想要买的是七夕的和果子,并非必须是蜜屋的和果子。

"如果这三个小时是坐其他类型的火车或是大巴,用低温快递比自己带更安全,也更迅速,现在快递公司都提供只要早上寄送,晚上就可以送到的服务。综合以上的情况,我认为您即将前往的地点是在低温快递范围以外的地点。"

"原来如此,去日本离岛和冲绳,的确需要三个小时。"

椿店长听了立花的意见,立刻摇了摇头。

"这里是电车的大站,这位小姐要坐的交通工具起止地点,离这里差不多一个小时车程。"

"……该不会是国际线吧？"

我惊叫起来，那位顾客也惊讶地捂着嘴。

"完全正确，你们都太厉害了。"

"既然您买了这种和果子，而且又是三个小时内可以抵达的地方，我猜想应该在亚洲国家。"

听到椿店长的回答，她用力点了点头。

"没错，是中国台湾。"

"我之前在书上看过，台湾地区会庆祝旧历的七夕，您是想去那里过节吧？"

"对，我男朋友在中国台湾，他曾经来日本留学，但毕业之后他就回去了。他们过的七夕和日本的不一样，所以上次的和果子被我一个人吃掉了。"

听了之后，我恍然大悟，原来她在谈一场远距离恋爱，的确就像牛郎和织女。

"所以，之前听说八月的和果子时，我觉得简直太棒了，因为这可以充分表达明年还想和他见面的心意。"

"是这样啊。"

立花用妩媚的声音说道。惨了。顾客的事似乎刺激了他的少女心，我拼命把话题转向更现实的方向。

"所以，您想了解要如何带去中国台湾吗？"

"对啊。"

"带去台湾的话,干冰的确不行,因为很快会气化,无法持久,而且也无法带上飞机。"

立花恢复了店员的表情,拿出了银色的保冷袋。

"如店长所说,这种情况使用保冷剂的方法的确更理想,但我个人提出一个建议,您应该先去本店九楼的运动用品区。"

"运动用品吗?"

"对,如果去买一个钓鱼时用的保温箱就完美无缺了。"

有道理。保存鱼的保温箱密闭效果好,比放在纸袋里更保鲜。顾客点头如捣蒜。椿店长也点了点头,说:

"把和果子与保冷剂放进保冷袋后,再放进保温箱,然后再尽可能多放一些保冷剂。如果到台湾时融化了,只要换上很冰的罐装饮料就好。"

"好的,那我先去九楼。"

她兴奋地鞠了一躬,跑向电梯的方向。立花目送她远去的身影,一脸陶醉地说:

"织女小姐,加油!"

站在他身旁的椿店长故意用双手搓着身体。

"……好冷!"

＊

旧历七夕过后，终于进入了上班族放暑假的季节。对食品馆来说，这是夏季的第三波人潮。上班族都会来这里买返乡省亲的伴手礼，所以和果子店也很忙碌。

刚开始营业和中午时的人流量比较少，我正在摆放耐放的山药羊羹礼盒时，一位熟客上门了。

"你好。"

"啊，欢迎光临。"

"一来这里就感觉很凉快。"

说完后她低头看着展示柜。她就是上个月来买中元节礼品的奶奶，那天之后，她似乎爱上了蜜屋，每个星期都会来光顾一次。

"杉山奶奶，欢迎光临。"

"感谢您的光临！"

在后方确认账目的椿店长和樱井也都回头向她打招呼。

"啊哟啊哟，大家都好热情啊。"

杉山奶奶用手掩着嘴呵呵笑了起来。这位让人感觉很舒服的奶奶是我们的偶像，因为之前她来买中元节礼品时曾经委托寄件，所以我们知道了她的名字。虽然已经上了年纪，但她总是抬头挺胸,笑容也很亲切。

最有趣的是她的穿着。不知道为什么,她总是穿固定颜色搭配的衣服,不是黄色与白色,就是绿色与白色。她很有品位,颜色搭配也不突兀,但发现之后,还是觉得有点奇怪。立花看到之后,经常在仓库内举行"今日杉山奶奶占卜",但其他人完全不想用这个占卜自己的运势。因为在他的占卜中,黄色是"幸运",绿色是"开心"。

今天杉山奶奶穿着白色衬衫配苔绿色的裙子,清爽的搭配很有夏天的味道。

"八月的上生果子是'清流'、'鹊'和'莲',对吗?上次吃了'清流',所以今天要买'莲'。"

"好,两个吗?"

我准备好纸盒,面带微笑地问她。杉山奶奶每次都买两个上生果子和一个"松风",没想到她对我摇了摇头。

"不,我要三个,明天会有一位每年上门一次的客人。"

每年上门一次?我忍不住想起七夕,但七夕已经过了,今天是十三日。

"那'松风'呢?"

"一个就够了。"

她对"松风"情有独钟。我小声笑了笑,用竹夹子夹起口感滋润的"松风"。"松风"是有点像长崎蛋糕的日式烧果子，表面撒上黑芝麻，有些店会烤得很干，做成微甜的煎饼，或是加入味噌，变成"味噌松风"，而蜜屋会做成口感滋润绵密又不失嚼劲的和风蛋糕。

但是，椿店长制止了我。不知道为什么，她的神情有点哀伤。

"等一下。"

"啊？哦，好的。"

"杉山奶奶。"

椿店长绕过收银台走到店外，站在杉山奶奶身旁，深深地鞠了一躬。

"可以容我说句话吗？"

"啊哟，是什么事啊？"

"我知道自己太多管闲事了，但这个月是不是没必要买'松风'？"

我和樱井听了，忍不住偏着头纳闷。难道是因为担心她吃太多，对身体不好的关系吗？

"你为什么这么认为？"

杉山奶奶嘴角带着微笑，也同样纳闷地问。椿店长一脸严肃地说：

"因为现在是八月。"

八月和"松风"之间有什么我不知道的意义吗?樱井似乎也和我一样,露出不解的表情。

"八月……"

"今天是十三日,我猜您回去之后,就要准备迎接了,在那之后,仍然需要'松风'吗?"

杉山奶奶听了椿店长的话,表情慢慢发生了变化。她皱着眉头,似乎努力克制着某种情绪,紧紧握住了手提包的把手。然后我想起,我家今天也要做相同的事。

"我记得你是椿店长,对吗?"

"对。"

"我的表情这么哀伤吗?"

一点都不哀伤。像平时一样面带笑容,感觉很亲切啊。我在心里说道。

"不,我是从您的衣着和今天买的和果子中推测出来的。"

衣着?所以杉山奶奶的衣服颜色果然隐藏着什么秘密吗?

"是啊……"

杉山奶奶垂头丧气,椿店长静静地对她说:

"我也有想见却见不到的人。"

杉山奶奶惊讶地抬起头,注视着椿店长。

"所以,接下来的几天时间,我会一直当作是久违的约会。"

"久违的约会……"

"对,因为一年只能见到一次,有点像时下年轻人说的远距离恋爱,所以至少希望这段时间能够开开心心地在一起,我这么想很奇怪吗?"

"不会,不会。"杉山奶奶小声说着,用颤抖的手从包里拿出手帕。

"你说得对,一年只见一次面,不能让他看到我这样。"

杉山奶奶用手帕拭着眼角,一次又一次地点头。椿店长悄悄地扶着她的后背。

"那就不买'松风'了,帮我加一个'鹊'。"

"好的。"

椿店长深深地鞠了一躬,走进柜台内,在我装到一半的纸盒里加了一个"鹊"。

"您要买三个'莲'和一个'鹊',对吗?"椿店长起身问道。

杉山奶奶对她露出亲切的笑容。

"麻烦你帮我结账。"

*

"我下周还会来。"杉山奶奶临别时对我们说。

我和樱井满脑子疑问,但之后刚好是上午的高峰时段,所以没有机会向椿店长打听。

将近中午,终于稍微有空时,我们问椿店长:

"关于杉山奶奶的事……"

"对啊,我还没有向你们说明,但这件事关系到顾客的隐私,所以能不能请你们轮流跟我到仓库说?梅本,轮到你先休息,那就由你先来吧。"

于是,我跟着椿店长一起走去仓库。

"先坐下再说。"

我面对她坐在折叠椅上。

"梅本,你的直觉很敏锐,应该已经猜到不少了吧?"

"杉山奶奶失去了至亲吗?"

椿店长静静地点着头。

"当我知道今天是八月十三日时,就立刻想到了。十三日是中元节的第一天,是焚烧迎火的日子,而且她明天家中有客人,她为客人准备了'莲',我猜想对方一定是和尚。"

原来是这样。我想起杉山奶奶上个月买的是百合形状的和果子,莲花和百合都是葬礼上经常使用的主题,我完全忘记和果子的日常用途之一就是被供在佛桌上。

"除了住持和杉山奶奶,另一个供在佛桌上,所以需要三个'莲'。"

"嗯。"

这一天要焚烧迎火。我家在传统的商店街,每到这个季节,就可以在各家门口看到缕缕细烟。小时候我不了解迎火的意思,所以都会跳过去,现在才知道那是引导辞世的家人回家的记号。

中元节是每年一度死去的家人回家的日子,也就是和想见却又见不到的亲人约会的日子。

"但是,我搞不懂杉山奶奶的衣服,那样的搭配有什么意义吗?"我问道。

椿店长打开放在仓库内的蜜屋综合简介,指着"丧事"的项目,上面介绍了黄色和白色馒头礼盒。

"在和果子的世界,黄色和白色,以及绿色和白色的搭配是丧事的颜色。"

"是这样啊……"

如果全身都是黑色,我可能会猜是正在服丧,没想到杉山奶奶选择用低调的方式服丧。

"关于'松风'名字的来历,你看这里就知道了。"

椿店长打开计算机的窗口后站了起来。

"我先回店里,你看完之后就去换樱井休息。"

"好。"

我滑动鼠标,看着"松风"名字的由来。

"'松风'的名字来自'只闻松风声,不知心寂寥'的风情,在表面撒上罂粟籽和黑芝麻,背面什么都没有,因而有此联想。"

只闻松风声,不知心寂寥。"松"和"等待"同音,所以这句话所代表的意思应该是"苦苦等待,内心寂寥"。

苦苦等待,内心寂寥。当我了解其中的意思的瞬间,忍不住想起杉山奶奶亲切的笑容。

啊!

这是想要再见一面的心情,希望故人回来的心愿。虽然看似和七夕相同,却有着根本性的不同。杉山奶奶把和果子放在佛桌上,向亲人诉说自己的心情。苦苦等待,内心寂寥。内心寂寥。内心寂寥。

我掩着嘴,等待感情的波澜平静,努力克制着不让涌上眼眶的泪水流下来。椿店长也一样,她心里有一个想见却又见不到的人。我用力吸了一口气,站了起来。

樱井在我回到店内之后走去仓库,但在椿店长回店后,迟迟不见她的身影。还有一件事,椿店长在仓库时,再度发出了断断续续的吼叫声。

*

第二天,最后得知事情经过的立花懊恼地扭动着身体。

"好讨厌啊!遇到这种事,为什么不叫我?!"

"你不是休假吗?"

"那有什么关系!算了,下次再遇到这种事,记得发短信通知我。"

他在说话时,没有事先征求我的意见,就对着我的手机发出了红外线信号。无奈之下,我只好接收了信息,看到他发给我"立花早太郎♡"几个字。

收完信息后,我把手机放进了口袋,指尖好像摸到了什么东西。拿出来一看,原来是椿店长上个月给了我之后,被一直忘在口袋里的签纸。

(啊呀。)

旧历七夕已经过了,竹子已经被撤走了。我看着空白的签纸,将它压平之后,夹在自己的书中。我暗自想着,希望明年会有可以写在签纸上的心愿。

"对了，小杏，你不再化魔女妆了吗？"

"嗯，我还是不太能够接受那种变脸的感觉。"

那天之后，我每天都化了最低限度的妆来上班，只不过至今仍然无法接受化妆是一种礼貌的说法。

我并不讨厌化妆，只是对到底为谁而化产生了疑问。如果有朝一日，我也像七夕的那个女孩或杉山奶奶一样，有心仪的对象，那我在他面前时，应该随时会打扮得漂漂亮亮。虽然最终希望他能够接受我不化妆的样子，但在刚开始的时候，会希望展现自己最好的一面。通常不是都会这么想吗？

"只要是女人，就有义务化妆吗？"我嘀咕着。

立花笑了起来，像平时一样捏着我的脸，说：

"应该就像和果子吧。"

"什么意思？"

"洁白的馒头虽然很可爱，但加了红点或烙印之后，不是更加可爱吗？"

我不太理解他的比喻。我偏着头，立花更用力地捏着我的脸，说：

"就是说，化妆并不是越浓越好，但完全不化妆又很没有女人味。没有人叫你化那种大浓妆吧？"

"嗯……"

没有女人味呃。听他这么一说，似乎也有道理，况且我也不是那种追求身心强健、刚毅不屈、排除一切装饰的人。

没想到立花松开我的脸颊后，他的手指竟然伸向了我必须隐藏的禁忌部位。

"小杏，你的手臂超舒服的！"

我要杀了他。非杀了他不可！

*

我和立花一起走进店内，轮到椿店长去休息。我看着仍然人潮汹涌的食品馆内，突然想到一件事。

椿店长为什么制止杉山奶奶买"松风"？因为故人会在中元节回家，所以不需要感到寂寞。我知道椿店长想要表达这个意思，但似乎太涉及他人的隐私了。

这时，我听到立花在柜台另一侧和顾客交谈的声音。

"对，本店也有适合丧事用的和果子。"

又有人发生了不幸。我忍不住看着那个顾客，没想到是一名年轻女子。

"是吗？那就麻烦你了，我妈妈难过得什么事都没办法处理。"

原来是女儿代替母亲张罗丧事。真是辛苦了。

"您父母的感情一定很好。"

"是啊,所以一周年忌了,我妈妈还是整天在哭。"

我的心好像被突然揪紧。有相遇,就有分离。虽然知道这是无可奈何的事,但情感上无法接受。没错,即使过了再久也一样。

但是,立花接下来说的话,让我恍然大悟。

"但是,如果太伤心的话,故人也会很难过。"

"是啊,寺院的住持也这么说,如果活着的人一直无法放手,爸爸就无法成佛。"

我知道,这就是椿店长想要告诉杉山奶奶的话。

"爸爸看到妈妈整天在哭,一定会很难过。等一周年忌结束之后,要稍微改变一下家里的气氛。"

年轻女子抬起头,拨了拨头发。

向前看,大步走,然后继续活下去。

活着的人不能够整天以泪洗面。杉山奶奶没有察觉这件事,仍然低头沮丧,是椿店长向她伸出了手。

最重要的人活在心里,不要让那个人难过。我似乎听到了这句话。

不知道椿店长心中那个重要的人是谁?

*

当我陷入感伤时,仓库内突然传来熟悉的大喊大叫声。

"啊呀,上当了!"

刚送走顾客的立花和正在结账的我默不作声地互看了一眼。

"妈的,太晚了!"

咚——随着巨大的声响,再度传来叫喊声。

"再等明年!"

我急忙快速结账,然后很大声地找零给顾客。

"谢谢惠顾!欢迎再度光临!"

椿店长结束休息回到店内,肩膀用力起伏,喘着气。立花见状,很受不了地问:

"这次又怎么了?"

椿店长的兴趣是用仓库内的电脑炒股,难道是股票行情发生了什么变化吗?

"股票暴跌了吗?"我小声地问。

椿店长摇了摇头。

"不是这样,但你说对了。我有一种越是漏网之鱼越大的感觉。"

说完,她给我看了一张便条纸,上面写了"七夕情人节"几个汉字。

"看不懂啊。"

立花皱着眉头。

"这几个字不是日文吧?"

"没错!"

椿店长突然摇晃着我的肩膀。

"是那个把'鹊'带去中国台湾的女生给我的启示!"

"这是中国的文字吗?"

"对,我调查了一下,这几年每到七夕,中国台湾就像过情人节一样,男女会相互送礼。因为是按照旧历,所以每年的日期不同。"

真的是"夏季情人节",难怪之前那个顾客那么在意七夕。我和立花终于知道是怎么一回事了,但椿店长似乎无法接受。

"也就是说,和日本的情人节一样,在节日前,礼物市场会很活跃!唉,我明明已经知道了,竟然让机会从身边溜走了。"

苦恼的椿店长握着拳头宣告:

"明年我一定要在七夕前买中国台湾公司的股票!"

……椿店长不仅向前看,还拔腿狂奔。我猜她应该没问题。

*

夏天当然少不了灵异故事。

几天后,我在更衣室听到一个八卦。

"我问你,你认不认识一层化妆品专柜的五月姐?"

"哦,就是很漂亮的那个吧?"

嗯嗯,她真的很漂亮,而且也很有魅力。

"你知道吗?她今年××岁了。"

"什么?不会吧!"

我和说话的那个人同时愣住了。不会吧!

"不骗你,因为和她同一个专柜的人看过她的驾照。"

"不可能吧!那真的是魔女欸!"

魔女。原来她的绰号来自这里。如果我把五月姐的年纪写出来,恐怕会受到诅咒,想知道的人请直接来问我。

我拼命忍着笑,用颤抖的手涂着口红。

百货公司真的太好玩了。

萩和

牡丹

凉凉的感觉真舒服。不久之前，只要盖毛巾被就够了，但现在如果不盖厚厚的棉被就太冷了。

所以，秋天到了。我在被子里翻了一个身。

"杏子。"

好像有人在叫我。反正闹钟还没响，可以继续睡。啊，凉凉的天气真好，太幸福了。

"杏子，快起来。"

有人摇着我的身体，我昏沉沉地张开眼睛。

"……嗯？"

是我妈。平时我都是自己定闹钟起床，她已经很久没叫我起床了，难道有什么急事吗？

"妈妈，有什么事啊？"

"还问我有什么事,你不是该出门上班了吗?"

"啊?"

我缓缓伸手想看枕边的闹钟,却碰到了文库本的书。对了对了,因为这本小说太好看了,我昨晚熬夜了。小说里的凶手超可怕,在看到他被抓之前,我无法安心睡觉。幸好最后大家都得救了,我悬着的心也终于放下了。

脑袋里想着这些事,我把闹钟拿到面前。

"……嗯嗯?"

八——点——了。我看错了吗?时针似乎比平时快了一个小时。我呆若木鸡,我妈却落井下石地说:

"我不是说了吗?已经八点了!你迟到了,迟到了!"

"不会吧!"

我跳了起来,看了两次闹钟。我什么时候把它按掉的?完全没印象。

"我听到闹钟响了,还以为你已经起床了。"

"那你干吗不早叫我!"

虽然我知道自己的要求很无理,但还是说出了睡懒觉的人的经典台词。我已经不是学生了,不可以迟到。

在工作人员数量维持在最低限度的店内,一旦有人迟到,其他人的午休时间就会往后挪。而且如果我没去上班,一大早就只有椿店长一个人顾店。

"杏子,要面包吗?"

"对不起!我不要了。"

反正等一下要换制服,我这么告诉自己,抓起手边的衣服穿在身上。牛仔裤配长袖T恤,外面又套了一件厚连帽绒衣,完全是去附近闲逛时的打扮。

我决定到店里之后再化妆,所以不顾一切冲出家门。跑去车站的路上,我突然想到应该吃一块面包。

漫画中不是经常发生这种事吗?女主角会叫着"我要迟到了",然后咬着面包拔腿狂奔,结果就在转角遇到了爱。

唉,这种事只会发生在身材苗条的女生身上。如果被我用力一撞,对方一定会一屁股跌坐在地上。

我的人生和恋爱漫画无缘。无论如何,现在必须赶快跑。

*

肚子好饿。

我在储物柜前慌忙涂了口红,一看时钟——八点五十分。离中午还很久。没吃早餐是我自作自受。

"消防训练?"

我好不容易准时赶到店里，还在用力喘息，看到椿店长笑着对我点点头。

"对，今天各店都要派一人去参加训练，这是秋天的火灾预防活动之一，所以我想派你去。"

反正只有二十分钟，在开店之前就可以回来了。既然椿店长这么说了，我只好乘员工电梯前往员工食堂所在的楼层。

"参加消防训练的同人请在这里签名后再出去。"

看起来像是东京百货公司职员的男子手上拿着文件夹，站在通往露台的玻璃门前。我排在队伍后面，然后报上了店名。

"哪一层的哪家店？"

"地下一层食品馆的蜜屋。"

"呃，蜜屋吗？哦哦，找到了。请在这里签名。"

我在他指定的位置签了名。

"好，那就请你去外面，听从消防人员的指示。"

我从敞开的玻璃门走到露台上，凉凉的空气立刻笼罩着我的全身。员工食堂位于这栋大楼的八层和九层之间，位于高处的"空中庭园"是员工平时的休息广场。这附近没有公园，我们午休时也来不及外出，这里是很宝贵的放松空间。

第一次听到八层和九层之间还有空间,我想莫不是"忍者的藏身处"?其实就是有一个顾客不知道的楼层,必须乘员工专用电梯才能到达。不管是这件事,还是地下的员工入口,难道只有我觉得这栋房子的构造很像迷宫吗?

"各位都到齐了吗?我们马上就要开始了,请后面的人再往前站。"

身穿深蓝色连身服的消防大叔在广场中心招着手,但聚集在那里的人只是淡淡地笑着,把圈子缩小而已,简直就像是在学校上课的情形。

"好,接下来先介绍店铺的防灾知识,之后再实际示范。"

大叔似乎对这种情况司空见惯了,口齿清晰地介绍起来。通道上不能堆放物品,要记住逃生路径,并确认灭火器的位置。

他介绍的都是一些不必听也知道的事,所以我有点腻了,而且又困又饿。

"尤其在地下楼层工作的人员,不要忘记确认紧急逃生灯。"

地下楼层。我猛然抬起头。对啊,地下楼层没有窗户,一旦断电就一片漆黑,地震的时候要特别注意。

"接下来示范灭火器的使用方法,请各位注意看清楚!"

随着大叔一声令下,两名穿着消防员制服的年轻人走上前,其中一人在金属盘上点起了小火,另一个人向我们展示了灭火器。

"如果在附近发现起火,首先拔出这个拉环。"

说完,他拔下了黄色的塑料拉环。

"然后对准目标喷射。可不可以派一位代表到前面示范?有没有人想主动示范?"

所有人都偷偷互看着。大家都是被各店派来的,彼此几乎都不认识,所以无法推荐任何人。

"嗯?如果没有人主动示范,那就由我来指名啰。"

大叔巡视着所有参加者,而大家都移开视线,不想和大叔的视线交会。我也不想被点到名,但我觉得所有人都不看他似乎不太礼貌,所以就看向大叔。

"好,那位穿着黑色围裙的小姐。"

早知道这样,我就不看他了。我带着一丝后悔,向前跨出一步。

"来,拿住这里,看着火的方向,做好准备,喷射!"

我用一连串的动作喷出灭火剂,火一下子就被熄灭了。

"很好。所以,一旦发生火灾,请各位要像她一样冷静行动。"

啪啪啪。稀稀拉拉的掌声后，大叔继续说了起来。我错过了离开的时机，只能傻笑着站在他旁边。

"呃，所以……"

大叔低头看着资料，一阵短暂的沉默。终于要结束了吗？我脑海中闪过这个念头，下一刹那我的肚子发出了很大的声音。

"呃……"

广场上鸦雀无声。消防员停下手回头看着我。容我再重申一下，聚集在这里的人彼此都不认识，所以没有人笑，也没有人调侃我。

遇到这种状况没有人调侃一下，不是让人无地自容吗？消防大叔可能感应到我内心的呐喊，苦笑着说：

"啊……你没吃早餐吗？"

"……对。"

我红着脸，低下了头，小声回答。

"那今天就提早结束，你可以在开始营业前吃几口点心。"

大叔说着，拍了拍我的肩膀。

"辛苦了。"

回到店里，椿店长已经做好了开店的准备。

"情况怎么样？"

"我示范了如何用灭火器灭火。"

我从收款机下方拿出抹布和玻璃清洁剂,开始擦展示柜。

"是吗?真难得,好玩吗?"

"对,很好玩,有一种新奇的感觉。"

我四平八稳地报告着,没提在众人面前肚子咕咕叫的事。

"也对,整天在地下楼层,都没什么变化。"

我和椿店长闲聊着,用力擦拭着玻璃。离开店还有二十分钟。我最喜欢顾客即将到来的时刻。

通道空荡荡的,但店员已经各就各位。有人正在整理原本盖住展示柜的布,有人推着推车经过,有人在排列商品。

还没有播放背景音乐的楼层只听到人的动静,虽然偶尔会听到"收款机里没有零钱!"的叫声,但那只是开玩笑而已,只要去后方的事务局,就立刻可以换到零钱。

"十分钟后就开始营业了,地下一层食品馆的各位同人,现在举行朝会,请到中央通道集合。"

广播中传来楼层长的声音。于是,我们都走出店外,在中央通道集合。

"刚才已经有人参加了消防训练,所以简单说明一下,接下来这一周是秋季火灾预防周,请各店特别小心。另外,今天宣传部的人有事要通知，请各位认真听。"

楼层长点了点头，一个女人走到中央。既然是宣传部的人，应该是正式职员吧？她虽然穿着黑色套装，但很潇洒有型。只见她微微鞠了一躬，开始读手上的数据。

"地下食品馆的各位，早上好。以下是宣传部的通知。说到秋天，当然是美食的秋天。地下食品馆的各家店铺在往年举办了'秋季饱食展'和'大分量收获季'，推出了重口味的商品，但如果只是这样，就和重质不重量的风潮背道而驰，所以今年希望各位以'重质胜于量'和'与众不同才是买到赚到'为关键词，搭配各种商品。"

有道理，有道理。这家百货公司的地下楼层很平民化，但也正因为这样，我才喜欢这里。如果太注重虚表，就很难踏进门，而且如果没有可以只用零花钱就能享受的食物，这家百货公司就没有任何我买得起的东西了。

"当今的时代追求故事性，所以东京百货公司的秋季要追求'知性美食'，将以各位推出有背景故事的食物为主轴。十月中旬到十一月中旬期间，将举办这个活动，请各店在决定商品后，交给楼层长。"

宣传部的女职员一口气读完后，又鞠了一躬向后退。

"真伤脑筋，要怎么有背景故事？"

我身旁那个在鲜鱼区负责烹饪的大叔嘀咕道。

"我们的柜上只有竹荚鱼或鲷鱼,虽然标示了产地,但之前就这么做了,对不对?"

被他这么一问,我忍不住点头。

"那要不要查一下鱼名的来历?"椿店长建议道。

鲜鱼区的大叔苦笑着。

"这个主意是不错,但我已经在夏天时做过了,请顾客当成暑假作业玩玩看的。"

"啊哟,太可惜了,那就用你最拿手的烹饪方法吧?"

"也对,那我就叫几个人把烹饪方法写在卡片上。话说回来,宣传部老是提出一些麻烦的要求,如果是饱食展的话,只要多加一尾竹荚鱼就搞定了。"

大叔嘀嘀咕咕抱怨着,走回鲜鱼区。虽然这里是百货公司,但大叔几乎都在厨房。我家附近的商店街也有这种大叔,所以感觉特别亲切。

"有背景故事的商品。"

椿店长回到店里,打量着展示柜。这个月的生果子是"光琳菊"、"跳月"和"松露",都很有秋天的味道,如果要有故事的话,呈现赏月感觉的"跳月"应该比较适合吧。我表达了自己的意见,椿店长叉着手,陷入思考。

"你说得也不错,但几乎所有的和果子都有故事,所以很难挑选。"

"都有故事?"

"对,历史越悠久,不就会增加越多的故事吗?而且用于茶席时,也会留下很多逸事。"

原来如此。我点了点头,听到开店的音乐响起,慌忙回到展示柜中央,向通道上的顾客鞠躬。

"欢迎光临。"

欢迎顾客的声音好像回音般四处响起。刚开店营业时,只要顾客走在通道上,就会受到所有店员的欢迎,这会让顾客有一种自己是大人物,正在视察的感觉。之前就曾经听一位爷爷说,他就是喜欢这种感觉。

我抬头看着通道,看到杉山奶奶走了过来。

"欢迎光临。"

"梅本小姐,早上好。"

杉山奶奶穿着芥末黄色的针织衫,露出灿烂的笑容。她是蜜屋的老主顾,虽然上了年纪,但非常可爱,所以店里的人都很喜欢她,立花甚至说:"她简直是人生楷模,希望老了以后我也可以像她一样。"但你们的性别完全不同啊。

"这个月的和果子也出来了吧?所以我马上就来报到了。"

"对，每一款都很值得推荐。'松露'是根据蕈菇的外形设计的练切；'跳月'是模拟赏月的故事，在羊羹上镂刻出月亮和兔子；'光琳菊'是……"

因为有点难解释，所以我吞吐起来。

"呃，是模拟茶席时常用的菊花做成的和果子。"

杉山奶奶立刻为我解围说：

"运用了江户时代的艺术家尾形光琳的设计。"

"啊，对，就是这样。"

椿店长又补充说明：

"这次本店的师傅还发挥了巧思，在里面藏了梅子冻。"

"对啊，在细细品尝入口即化的练切味道时，可以吃到比果酱稍微硬一点的梅子冻，富有微妙的咬劲，真的非常好吃！"

我在试吃时，觉得"光琳菊"超好吃、超厉害，所以忍不住大力推荐。虽然只是白豆沙和梅子的组合，味道却富有层次。

梅子味道在和果子中很常见，所以春天和夏天也都有梅子味道的和果子，但是不知道为什么，这一次有秋天的香气，可能是因为使用的不是新鲜的青梅，而是巧妙运用了梅子冻厚重绵密的风味。

"听梅本小姐这么说,感觉真的很好吃,那就给我两个'光琳菊'。"

"谢谢!"

我鞠了一躬,拿着托盘蹲了下来。"光琳菊"采取了形态奇特的造型设计,乍看之下像一颗蚕豆,圆滚滚的样子会让人产生"这是菊花吗"的疑问。而它的正中央割了一条弯线,好像笑起来的嘴巴,虽然可爱,却不像是菊花。

目送杉山奶奶离去后,我仍然注视着"光琳菊"。虽然总觉得这款和果子的造型似乎有点名不副实,但我还是情不自禁地露出笑容。我有点搞不懂这款设计到底是可爱、时尚还是前卫,无论如何,正是因为它给人带来的充满想象空间的印象,才能够一直流传至今。

想到江户时代的人设计的和果子一直流传至今,就觉得实在太厉害了。而我死后恐怕什么东西都留不下。怎么突然心情惆怅起来了,难道是因为秋天到了吗?

*

"喂,小姐。"

当我背对着展示柜时,听到突然有人叫我,便猛然回头。

"啊，欢迎光临。"

我不假思索地鞠了一躬，然后看着顾客，整个人顿时僵住了。

他五六十岁，理着一头极短的头发，再短就像和尚了。这里是地下楼层，他却戴着墨镜，圆领毛衣前有一只张开血盆大口的老虎和一条吐出火舌的龙的图案。毛衣内没有衣领，里面应该只是一件长袖T恤。

这个人绝对是黑道兄弟。

我暗自做出这样的判断后，用求助的眼神看向椿店长，但椿店长正在接电话，而且在纸上记录着什么。

振作一点。黑道兄弟也会买和果子，而且现在还不知道他的目的，先听听他的要求再说。我这么告诉自己，然后努力挤出灿烂的笑容。

"请问今天想买什么？"

"这家店有试吃吗？"

男人靠在展示柜上，狠狠地打量着我。

"有，新推出的最中饼可以试吃。"

蜜屋几乎所有的商品都不提供试吃，只有新推出的商品会有试吃品。

我从展示柜内拿出一个小型容器，和牙签一起放在顾客面前。这是椿店长吩咐后，我刚切好的。

"是呃。"

男人用牙签插起将小型最中饼切成四等份的试吃品，放进了嘴里。他微微皱着眉头，不一会儿咕噜一声吞了下去。

"小姐——"

我立刻站直了。

"是！"

"和果子在哭泣。"

"啊？"我听不懂他说的意思，忍不住反问道。

他露出明显不悦的表情，指着最中饼说：

"你不知道吗？像这样就叫和果子在哭泣。"

什么意思啊？难道他是说我们店里的和果子不好吃吗？

"先生……"

我抬起头，那个男人看着展示柜说：

"算了，味道还算及格。我要鹿之子，小仓红豆和栗子各一个。"

"……好的。"

虽然这么说有点失礼，但他似乎并不是上门来找麻烦的。我把两款不同的鹿之子放在托盘上，递到他面前。

"请问是这两样吗？"

鹿之子是全年供应的生果子,做法是在馅周围裹以煮成甜味的豆类,因为正值秋季,所以制作食材除了长销的小仓红豆以外,还新增加了栗子。

"嗯。"

男人目不转睛地看着放在托盘上的鹿之子,好像在找可以挑剔的地方。我已经经过中元节旺季的洗礼,应付过好几个这种顾客,所以知道一旦遇到这种情况,不必过度紧张,只要按照正确步骤做事就好。

在顾客回应之前,我绝对不把和果子装进纸盒。我满面笑容地等待着,他似乎终于意识到什么似的,对我摇了摇手,说:

"好,可以了,帮我装起来。"

"好的,请稍候。"

我轻轻拿起鹿之子的小盒子。啊,鹿之子的光泽,无论看几次都让人觉得赏心悦目。为了凝固栗子和红豆,最后淋上的寒天晶莹透亮,令人垂涎。

我也饿了。虽然努力避免自己想起这件事,但鹿之子让我感到饥肠辘辘。我垂头丧气地回到收银台,男人仍然看着展示柜。

"让您久等了。"

"哦。"

他付了钱。我终于松了一口气。

"这是您购买的商品。"

正当我要把商品递给他时,没想到肚子叫了一声,尴尬至极。男人用手指把墨镜往上一推,看着我的脸。

"恕……恕我失礼了。"

我涨红了脸,对他鞠了一躬,男人扑哧一声笑了起来。

"怎么了?看到鹿之子,你觉得饿了吗?"

"嗯,啊,是的。"

照理说应该否认,但我竟然对他点头。男人笑了笑,指着展示柜说:

"肚子饿了,就吃这些吧。"

"不,这怎么行?"

我挤出笑脸,应付着他的玩笑,没想到他竟然一脸严肃地对我说:

"没关系,反正这些已经不能卖了。"

"啊?"

不能卖了?他从刚才到现在,到底是怎么回事?一下子说什么和果子在哭泣,一下子又说不能卖了,如果他不喜欢,不买就好了啊。而且蜜屋的和果子很好吃,无论在任何场合拿出来，都会让人感到自豪。

我气得发抖。男人笑着接过纸盒。

"切腹了啦。"

说完，他对我挥了挥手说"再见"，然后就转身离开了。我茫然地目送着他的背影。这个人是什么意思？

*

十一点时，立花来上班了。

"什么？杉山奶奶今天来了？我竟然又错过了！"

我和他在仓库擦身而过时，和他提到这件事，他很不高兴地扭着身体，举止真的很像女人。

"反正她下个星期还会再来。"

"但是我觉得只要见到杉山奶奶，整个星期就会很幸运。"

我能理解这种心情，所以点了点头，并转告他今天的联络事项。

"秋季展吗？如果是我，一定推荐芒草果子。"

中秋赏月都要插饰芒草，以少女的感觉来说，是不是认为芒草"和兔子成双成对"？我这么问立花，他对我摇了摇头。

"名叫'嵯峨野'的和果子就是根据芒草设计的,那是因为京都的嵯峨野是赏秋草的名胜之地。"

"哦,原来是这个原因。"

我点了点头,立花伸出一只手制止,说:

"光是这样,根本不具备充分的故事性啊。秋草名胜的嵯峨野因为风景优美,所以曾经是贵族的别墅胜地。《源氏物语》中的六条御息所因为嫉妒源氏的正妻葵之上而将其害死,之后,她后悔不已,在嵯峨野的宫中净身。"

……呃,他突然开始说一些好像古文课的内容,而我只听过《源氏物语》的书名和大致内容,只知道是一个稀世的花花公子到处招惹女人的故事。

"因为有爱,才会产生嫉妒。这或许就是身为女人的业障,活在人世的哀愁,和芒草随风摇曳的感觉很像,似乎连沙沙的声音也可以听到。"

我听不到。而且听到一个男生说什么女人的业障,实在是很大的困扰。我从来不曾谈过因嫉妒而发狂的恋爱,以后也不可能发生,应该无法和《源氏物语》产生共鸣。

"光源氏最后怎么了?"

"嗯,在故事中,他失去了中意的女人,带着失意出家躲进了山里,但有标题好像暗示了他的死亡*,可能在出家后死了。"

出家就是去当和尚的意思吧。所以,他最终远离了男欢女爱的红尘吗?但我总觉得他的下场好像有点凄凉。

"凄凉的感觉不是很有秋天的味道吗?"

"是吧。"

看着立花,我脑海中忍不住浮现出"多愁善感"这个词,但还是把这几个字吞了下去。

"没想到光是芒草,就可以联想到这么多故事。"

"嗯,我也这么觉得。"

立花把围裙的腰带绑了一个漂亮的蝴蝶结后点了点头。

"我以前当学徒的那家店的师父说,和果子很像俳句。"

"俳句?"

"对,俳句可以在精炼的文字形成的诗中感受到无限的意境,但即使不了解俳句,也可以感受到文字的美丽,如果对俳句有研究,就更加乐趣无穷。是不是跟和果子很像?"

比方说,我看到芒草与和果子会觉得本身就很漂亮,深入了解由来后,还可以从和果子中看到嵯峨野的秋天。

---

* 《源氏物语》第四十一帖《云隐》有题无文,引发后世诸多猜测。

"而且也有用诗句表达特定季节感觉的季节用语和文字游戏,它们是成为唤起故事的钥匙。"

小小的和果子只有掌心那么大,但了解隐藏在匠心背后的故事,就可以打开一道又一道的门。

我想要知道,想要自己品尝呈现在我面前的故事。内心突然涌起这样的渴望,虽然很讨厌古典文学或是历史,但觉得现在开始学似乎也不错。

因为一旦有了这些知识,我相信和果子也会变得更加美味。

"对了,还有一件事忘了说,今天遇到了一个有点伤脑筋的顾客。"

"是怎样的人?来投诉的吗?"

"不,有点像黑道兄弟,不过他买了和果子,所以是顾客,但他说我们的和果子不能卖了。"

"这句话什么意思?真没礼貌。"

"他可能还会再来,所以你要小心点。"

立花听了,用力点了点头。

*

下午,我午休结束后回到店里,椿店长把我叫去。

"梅本，不好意思，今天一直派你跑腿，可不可以请你去送货？"

"送货吗？"

椿店长从收款机后方拿出地图，摊在我面前。

"要送货的那家公司就在从百货公司的地下道走过去的大楼里，他们的秘书室经常来买蜜屋的商品作为赠礼。"

地图上显示那家公司离这里只有数百米，那是一家知名企业，连我也听过那家公司的名字，我记得电视广告上说，那是一家经营钢铁和其他金属的公司。

"这次他们订了两种不同价格的条状果子各三盒，所以有点重。"

"没关系，我对自己的力气很有自信。"

我和立花根据椿店长读出来的内容装好了礼盒。条状果子就是羊羹等条状的和果子，两条装的羊羹三千日元，五条装的七千日元。

立花利落地折好盒子，我把和果子装了进去，最后由椿店长负责包装，转眼之间就完成了。

"那我就去送货了。"

"路上小心，大楼门口有保安，你只要说一声就好。"

我双手拿着纸袋走了出去。羊羹的含水量很高，所以很重,但不至于拿不动。

我沿着中央通道走向地下道的出口,一走出地下道立刻有一种奇妙的感觉。这是我第一次身穿制服走在外面。

既不是便服,也不是以前学生时代的校服,而是工作的制服。感觉有点害羞,又有点自豪。我第一次体会到这样的心情,立刻抬头挺胸,大步走了起来。

但是,一来到大楼门口,这份心情立刻烟消云散。好可怕。这里戒备森严。公司的入口拉着绳子,有三名保安左顾右盼。

"我是东京百货公司蜜屋的员工,来送和果子。"

我战战兢兢地对保安说。其中一个人打量了我一下,说:

"哦,是送到秘书室的吧。你在这里留下店名和你的名字,然后写下拜访理由。"

我在访客登记簿上写完这些事项后,保安交给我一张写着"访客"的通行证。

"我会联络秘书室,你坐那台电梯去二十层。"

我按照保安的指示走向电梯,有几名看起来像是职员的人也走进电梯。他们都身穿西装,脖子上挂着像是通行证的磁卡。感觉我们好像生活在不同的世界。我低头站在角落,不一会儿,他们分别走出电梯。我抬头看着电梯的楼层数字,发现二十层是顶层。一定是职位越高的人,他们办公室的楼层也越高。

叮。电梯门打开了,一个漂亮姐姐站在电梯门口。

"你是蜜屋的员工吗?辛苦了。"

"对,谢谢平日的惠顾。"

我深深鞠了一躬,看起来像是秘书的姐姐对我嫣然一笑。

"我带你去秘书室的仓库,请你把补充品放在那里。"

她就像今天早上宣传部的职员一样,一身套装很有型,发型和妆容也无懈可击,整体造型简直就像从时尚杂志中走出来的。她不光和我生活在不同的世界,简直就是不同的生物。

她踩着高跟鞋,稳稳地走在铺着地毯的走廊上,我双手提着沉甸甸的羊羹走在她身后。为什么前一刻还令我感到自豪的制服好像突然褪了色?我讨厌有这种想法的自己。

"你要离开时,记得到隔壁房间打一声招呼。"

她指着仓库内写着"礼品"的架子对我说,然后走出了房间。我把和果子的盒子拿了出来,看着架子,发现上面贴着"蜜屋／三千日元・七千日元"的纸,后方还有知名的西点和酒品专区。所有的礼品都按照价格顺序排列，感觉好像在衡量送礼对象到底值多少钱。

只用价格挑选食物有点悲哀。我看着自己带来的和果子盒子，忍不住嘀咕道。因为这些羊羹真的很好吃。

看着这些摆放得井然有序的伴手礼，我再度感受到这是一家大公司。从后方的窗户往外看，街道就像玩具般小巧，这里离刚才我把栗子鹿之子装盒的地下楼层的世界不知道有多远。

"那家公司很知名，听说有很多竞争对手，所以入口的检查才会这么严格。"

回到店里之后，立花这么告诉我。他在店里工作时会隐藏起内心的少女，言谈举止都很正常。

"因为听说除了企业间谍以外，还会有人做出一些恐怖的事情。"

"恐怖的事情？！"

我大惊失色，忍不住大声叫了起来。我们巡视周围，观察有没有顾客后，又继续聊了起来。

"对啊，因为那些公司也制造武器，而且知名企业往往背负着国家形象，所以很容易成为攻击目标。"

除此以外，这些公司品牌有时还会成为拒买运动的对象，大企业的经营真的不是一件容易的事。听了立花的话，我的心情很微妙。

我坐的公共交通工具就是那家公司的产品，但他们也靠买卖伤害其他公司的利益赚钱。看起来像是从杂志中走出来的女人在漂亮的办公室工作，她买漂亮衣服所花的钱，到底是靠经营什么产品赚来的呢？

*

我知道人会有讨厌的对象，但我无法理解为什么有人想要大肆杀戮。每次在电视上看到恐怖活动和战争这些令人难过的新闻时，我的心情就特别沮丧。

"即使不必动手杀人，人早晚都会死。"

这是我妈的口头禅。我也这么认为。

人终有一死，只是不知道什么时候死而已，所以我哥哥曾经说，如果有绝对准确的算命，那就是"你总有一天会死"！

明知道总有一天会失去，杀人的人有朝一日也会死。即使如此，仍然要为了某些东西，不惜夺走他人的生命吗？

杉山奶奶的丈夫，椿店长心中重要的人。看到活着的人承受着深沉而宁静的悲伤，我终于了解到，即使只是失去一个人，也会对周围的人造成影响。就连出现在故事中，站在芒草原野上的人物，都带着忏悔和赎罪之心。

然而，现实生活中的人却……

翌日，当看到那个像黑道兄弟的人再度来到店里时，我立刻感到沮丧不已。

"嗨，小姐。"

我不知道他平时做什么工作，但至少应该会和暴力扯上关系。我已经被吓坏了，而且他故意趁椿店长在接待其他顾客时找我说话。

"欢迎光临。"

要尽可能保持平常心。我这么告诉自己，然后向他打招呼。他今天也穿了一件图案很惊悚的毛衣。难道他没有夹克之类的外套吗？

"我很喜欢你，所以又来了。"

"谢谢。"

可我不想被你喜欢。

"上次的鹿之子很不错，尤其是栗子的更好。"

咦？这个人搞不好很内行呢。我对他的印象稍微好了一丁点。

"不过，我喜欢吃天妇罗。"

他的形象再度跌到谷底。把和果子与完全不同种类的食物相比，根本无从比较。既然这样，就别来和果子店，去买一些油炸食物配啤酒不是更好吗？

"请问今天要买什么？"

我学立花的样子，戴上了彬彬有礼的假面具。

"那就……给我小梨吧。"

"呃……请稍候。"

小梨*？有这种名字的和果子吗？我慌忙打开小抄和商品目录，寻找这种和果子。因为是秋天，所以应该会有和梨相关的和果子，但我并没有找到。

"对不起，本店并没有和梨相关的和果子……"

男人呵呵呵地笑了起来，把不知是什么的东西放在了柜台上。

"小姐，那算了，给我这个吧。"

那是什么？他该不会在调侃我吧？我浑身的血液都冲上脑袋，但没有吭气，默默地看着他放在柜台上的东西。是一张小卡片，硬质的卡片上画着一些东西。原来是花牌。

"这个？"

---

* 日语中"捣练"与"小梨"同音。

我看不懂是什么意思,不知道该如何回答。他忍不住大笑起来。

"你不懂吗?我想也是,那帮我包两个馅衣饼。"

真是的,闹够了没有?!我咬着嘴唇指着展示柜。蜜屋并没有名为"馅衣饼"的商品,我猜想他说的应该是御萩。

"这个可以吗?"

他看到我指着御萩,轻轻点了点头。如果他再敢胡闹,我就要大声叫人了。

"让您久等了。"

我把装和果子的纸盒递给仍然含笑的男人,立刻向他鞠了一躬。

"谢谢惠顾,欢迎再度光临。"

这是让顾客赶快离开的技巧,也就是樱井说的"用笑容赶走顾客之战"。

"哼。"

他似乎有点不太高兴,收起笑容瞪了我一眼。临走时,他竟然丢下一句令人难以置信的话:

"小姐,希望半杀够地道。"

半杀?因为这两个字听起来太可怕了,我整个人僵在那里。

"半杀……要把我打到半死吗?"

脱口说出这句话的同时,我的手忍不住发抖。怎么办?我可能惹毛黑道兄弟了。我想起他昨天也对我说了"切腹",他八成一开始就想来找我的麻烦。

"怎……怎么办?"

我四处张望,刚好看到樱井走进来,准备接我的班。

"啊,梅本,辛苦了!"

"你也辛苦了。"

我回头看她时突然想到,樱井说她以前是不良少女,搞不好很了解江湖上的事,所以我决定向她讨教。

"半杀?"

我在仓库内把事情经过一五一十地告诉了樱井,她大声地叫了起来。

"他真的是黑道上的人吗?"

"嗯……因为他的打扮很有江湖味,还拿花牌给我看。"

我向樱井说明了那个男人的特征,她露出了严肃的表情。

"如果真的是黑道上的人,恐怕不太妙。普通人能够防卫的程度有限。"

"是……是这样吗?"

"对啊,万一遭到埋伏,不就一枪毙命了嘛。"

一枪毙命?怎么一枪毙命?我害怕听到真相,所以不敢问。

"谁都可以走进百货公司,所以你只能向周围的人说明情况,请大家协助了。"

"最坏的情况,可能需要报警。"听到这句话,我眼前发黑。我只是认真工作而已,为什么会遇到这种事?

"总之,先告诉店长吧。"

樱井走出仓库,把椿店长叫了进来,不知道为什么,立花跟在椿店长身后。

"我今天要去总公司,所以找他来替我的班。"

"小杏,你没事吧?"

立花绞着双手,两脚站成内八字,看起来一点儿都不可靠。

"樱井说,有黑道上的人来找麻烦,是真的吗?"

椿店长担心地探头看着我问道。

"对,而且我好像惹毛他了……"

我低着头,立花拉了一把椅子给我,三个人围坐在狭小的仓库内。谈话的准备就绪后,椿店长开了口。

"梅本,你可不可以把至今为止所发生的事一五一十地说出来？再细小的事都没问题。"

"好……"

我从男人第一次来时的情况说起，椿店长和立花神情严肃地听着，但立花从中途开始，神情有点奇怪。

"他的服装很像黑道上的人穿的那种，上面还有龙或是老虎的图案。"

"呃，是不是头发也很短？"

"对，我不知道那是什么发型，总之很短，而且他还戴着墨镜。"

我点了点头，他皱起眉。该不会他以前也被那个男人找过麻烦吧？

"他要名叫小梨的和果子？"

"对，啊，是不是去年秋天推出过这个名字的和果子？"

也许他去年吃了觉得很好吃，于是今年又来找，结果发现没有了，所以就找我麻烦。我想到了这种可能性，但椿店长摇了摇头。

"据我所知，这几年都不曾推出过名叫小梨的和果子，会不会和其他店搞错了？"

"店长，我认为不是你想的那样。"

立花注视着椿店长。

"和梨子无关,只要慢慢发音,你应该也知道。"

"啊?小梨……小……梨……"

"另外,切腹可能不太容易懂,但你应该也知道半杀。"

小梨。半杀。椿店长小声嘀咕着,然后猛然抬起了头。

"啊,原来是这个意思!"

"什么意思?"

这到底是怎么回事?看到他们心领神会的样子,我更搞不懂了。椿店长不顾一脸茫然的我,突然笑了起来。

"梅本,别担心!那个人绝对不可能对你动粗!"

"啊?"

"嗯,嗯,没问题的。"椿店长说着,用力拍着我的背。

"因为他是和果子师傅啊!"

*

和果子师傅就是做和果子的人。在我的想象中,和果子师傅应该是对制作生果子很执着,感觉很细腻的人,没想到竟然长得像黑道兄弟。

"呃,对不起,我完全搞不懂是怎么回事。你怎么知道那个男人是和果子师傅?"

我一脸茫然地举起了手,好像学生在课堂上发问一样。

"因为专有名词。他和你的对话中,故意用了一些和果子相关的专有名词。"

椿店长说着,在便条纸上写下了"半杀"这两个字。

"这两个字除了指和果子以外,还被用在料理上,你知道吗?"

"不知道……"

料理的专有名词中有这么可怕的字眼吗?即使真的有,应该也和宰鸡之类杀害动物的情况有关,和用植物性原料制作的和果子完全沾不上边。

"半杀就是把米或豆子等颗粒状的谷物捣成半碎的状态,比方说,秋田的烤米棒就是半杀。"

"哦,就是一半米粒、一半年糕的饭浆?"

"没错没错,完全正确。那个人在买什么的时候说了半杀?"

御萩。御萩里面的确是一半米粒、一半年糕的饭浆,而且那个人说的是"希望半杀够地道",直译的话,就是"希望御萩能被成功捣成半碎的状态"。

"他可能想说,希望做得很好吃。"

听了椿店长的话,我忍不住垂头丧气。就这样而已?

半杀就是这个意思?我竟然为了这句话吓得半死,简直太蠢了。

"所以,小梨也是相同的意思吗?"

我想起那个讨厌的和果子师傅不怀好意的笑容。

"关于小梨,曾经当过和果子师傅的立花应该比我解释得更清楚。"

椿店长说完,立花点了点头。

"小杏,你知道练切吗?"

在向顾客介绍商品时,经常会提到练切,所以我知道。

"就是在上生果子外侧使用的豆沙馅。"

"对,练切可以说是上生果子的主要食材,但这是关东的叫法,关西称为捣练,也就是你以为的小梨。"

"相同的食材,却有不同的名称吗?"

我以为是不同地区的不同叫法,但似乎并不是这样。

"基本上,两者都使用白豆沙馅,但捣练中加的是小麦粉和太白粉,比练切的口感更带有糯性。如果说是由蒸羊羹发展而来的,是不是更容易理解?"

我想起栗子蒸羊羹弹牙的口感,终于理解了。

"练切的口感不是更清爽吗?"

"对,练切是在白豆沙中加入砂糖、水、麦芽糖和求肥麻薯调制而成的，所以口感更滋润，但因为糖分较多，味道也更浓郁。"

立花停顿了一下，又接着说了下去。

"把捣练用于上生果子时，由于无法吸收馅的水分，会导致其容易干裂，不耐放，所以捣练在专门生产茶席点心的京都比较发达，除了京都以外，大阪、名古屋和金泽也因为这项技术在京都的流传，较常使用这种配方。"

"所以，对全国其他地方来说，还是以练切为主流吗？"

"因为在耐放性和保湿度的问题上比较方便调整，所以有些店铺平时使用练切，但在一些特殊的场合会用捣练，将二者灵活应用。"

捣练以关西为主，但这里是关东，所以那个男人是故意问我有没有捣练。他可能想知道我们店里会不会有捣练，或是测试像我这种店员是否知道什么是捣练。

"他该不会是来调查蜜屋的吧？"

昨天去送货的那家大企业有商业间谍，食品业界也可能发生剽窃别人的设计或是创意的情况。

"嗯，虽然不知道他是不是商业间谍，但既然他来得这么频繁，应该是想调查我们店的情况。"

椿店长叉着手，露出凝重的表情。

"而且故意不找店长这一点也很可疑。"

如果想光明正大地了解本店的情况，应该向负责人打招呼，但我觉得那个男人是故意找我这个小店员。

"我看还是知会一下总公司，反正我刚好要去。"椿店长嘀咕道。

这时，立花猛然站了起来。

"请……请你不要这么做。"

"啊？"

我和店长一起抬头看着他。

"立花，你怎么了？"

椿店长语气温柔地问。立花红着脸，鞠了一躬说：

"那个……真的很抱歉，但我猜那个男人来我们店应该不是做坏事，所以，可不可以请你不要向总公司报告？"

"你知道他来我们店的理由吗？"

听到椿店长这么问，立花轻轻点了点头。

"……我猜，他应该是我的师父。"

*

师父？所以那个人是立花来蜜屋之前，当学徒那家店的和果子师傅?

"等一下,你没见过他,怎么知道他是你的师父?"

虽然特征相似,但也可能是其他人。听到我这么说,立花拼命摇着头。

"因为他穿衣服的品位很差……"

"啊?"

"因为他平时都穿工作服,所以穿便服的品位很吓人,而且他不喜欢有领子的衣服,几乎很少穿衬衫,春夏都穿T恤,秋冬基本上都在T恤外加一件毛衣,而且毛衣的图案……"

"除了老虎和龙以外,还有其他的吗?"

椿店长显然对眼前的状况乐在其中。

"还有豹、蜥蜴之类的,我也不太清楚,反正都是很花哨的图案,就像小杏看到的那样,而且他的头发三七分,外形特征完全一致。"

"也许是想要避开你,所以才会选梅本在店里的时候上门。"

有道理。我通常都上早班,立花上中班,所以他的师父总是挑我当班的时候上门。

"至于为什么戴墨镜,我猜他是想要乔装,他那个人其实很单纯。"

立花有点害羞地说。

"不知道你师父来这里到底有什么事。"

他每次都来买和果子，难道是顺便尝尝味道吗？

"可能想了解一下自己徒弟工作的店铺所做的和果子是什么味道吧。"

"不知道，但是他既然没有通知我，可能也是在侦察吧。"

立花深深地鞠了一躬。

"无论如何，都是我认识的人给这家店造成了困扰，真的很抱歉。"

"别放在心上，反正在事情闹大之前已经搞清楚了。"

椿店长露出微笑。立花皱着脸，好像快哭出来了，然后带着这个表情蹲了下来，用力握住我的手。

"小杏，真的……真的很抱歉！让你感到害怕了，我不知道该怎么向你道歉……"

他的眼中含着泪水。看到他这么拼命道歉，我反而觉得好像是我做错了事。

"啊……没关系啦，啊哟。"

"你不要逞强！你是女生，不需要逞强！"

立花不停地向我道歉，恐怕差一点就要说"我会负责到底，我一定会娶你"了。

"我没有逞强,但我还有一个疑问,希望你教我。"

得知那个男人是和果子师傅后,我内心的恐惧立刻烟消云散了,但不可否认的是,我对和果子一窍不通,所以有点懊恼。

"什么疑问?"

"花牌。我已经知道捣练的意思了,但仍然搞不懂花牌是怎么回事。"

"他留下花牌了吗?"椿店长问。

我摇了摇头。

"不,他带走了,但我记得花牌上的图案,是野猪。"

"猪鹿蝶*的野猪吗?"

"对。"

那个男人把野猪的花牌放在柜台上对我说:"我要这个。"所以我猜想应该和捣练一样,有某种和果子符合花牌的图案。

"野猪啊。"

立花和椿店长陷入了沉思,不一会儿,椿店长"啊"了一声,翻着全年用的商品目录。

---

*　日本传统纸牌游戏花牌中的一种组合,分别指萩间猪、枫间鹿、牡丹蝶。

"该不会是亥子饼吧？"

我看着椿店长手指的位置，上面是胖嘟嘟的茶色麻薯，知道名字后，感觉的确有点像野猪。

"亥子饼的确是秋天的和果子，但现在问是不是提早了一个月？"

立花露出更加不解的表情，但椿店长竖起食指摇了摇。

"这是陷阱。亥子饼是在旧历十月吃的和果子，也就是现在的十一月，他出这个谜题，就是想知道梅本能不能回答得上来。"

想到捣练的问题，我觉得这种可能性很强。

"原来如此，的确有可能。"

"对了，我有一个请求。"

看到他们相互点着头，我开了口：

"一直被他试探太不甘心了，我可以反击他吗？"

"啊？小杏，你想干什么？"

"报仇吗？不错啊。"

立花瞪大了眼睛。椿店长则显得兴致勃勃。

"立花，他是你的师父，我不会乱来，只是我希望他下次再来的时候，我也可以用和果子的暗号回答他。"

"小杏……"

"不过他可能明天就会来,所以可不可以请你们在今天有空的时候教我关于和果子的知识?如果你们忙,我可以等到下班。"

说完,我向他们鞠躬拜托,一只手突然伸了过来。

"啊呀!我说梅本啊!"

椿店长用力摸着我的头,我快被她摇到脑震荡了。

"原来你想要奋发向上。我现在要去总公司,你可以尽情使唤他,好好向他讨教。"

"尽情使唤我?"

"因为这场风波的源头不是你的师父吗?"

立花说不出话,椿店长又继续说:

"但是,樱井一个人顾店太可怜了,所以你们也要不时去店里照顾一下,知道吗?"

"……好。"

立花似乎认为自己在这件事上有责任,顺从地点了点头。

"那我走了,你们两个也要加油。"

椿店长说完站了起来,拿了私人物品后走出仓库。

＊

向正在店内的樱井说明了大致的情况后,她欣然同意独自顾店。

"没关系,反正现在不是旺季,如果忙不过来,我会敲墙壁叫你们。"

"谢谢。"

"没关系。那个师父,最好让他惊讶得屁滚尿流。"

樱井侠气万丈,一脸可爱的表情,竟然语不惊人死不休。

"即使你见到我师父,也请你不要动手打他呃。"

"谁知道呢?如果是在不穿制服的时候,我就没办法保证了。"

樱井笑眯眯地说,立花忍了一口气。

我和立花再度回到仓库,开始了和果子讲座。首先是他师父说的那几个谜题的答案。

"什么?'和果子在哭泣'和'切腹'也是和果子用语吗?"

"是啊。首先,'哭泣'是指带着湿气,原本就有湿度的和果子受潮时,不是会结露吗?"

"所以称为'哭泣'吗?"

我回想起那个男人说这句话时的状况。我记得当时给了他试吃的最中饼,切成四等份的最中饼放在没有放干燥剂的小型容器内,可能是因为时间久了,所以外皮有点受潮。

"因为是试吃品,所以就掉以轻心,这是我们的疏忽。"立花苦笑着说。以后试吃的和果子也要放在密闭容器中,同时要放干燥剂。

"接下来是'切腹',这个说明起来有点困难,你等我一下。"

立花说完,走出仓库,拿了一个装在小盒子里的和果子进来,这正是那个男人买的"小仓鹿之子"。

"你可不可以看一下鹿之子的表面?"

我目不转睛地打量着,但鹿之子就是鹿之子,除了有满满的红豆以外,完全看不出任何名堂。

"是红豆啊。"

"对,上面的红豆,尤其是这个地方,是不是有点绽开了?"

立花隔着透明的小盒子,指着几颗绽开的红豆。

"其实粘在表面的红豆不可以绽开,因为这些红豆是用来装饰的。"

"这个我能够理解。"

但是,要把每一颗红豆保持完整并不容易,我认为这种绽开完全在允许范围内。

"如何让煮好的豆子不绽开,是和果子师傅的工作。绽开的豆子皮裂开了,露出里面的豆仁,所以称为'切腹'。"

我想起那个男人说"反正这些已经不能卖了"。原来在和果子的世界,对这些细节也如此斤斤计较,不,应该只是那个人在意吧。

"你师父做的和果子应该很好吃吧?"

"嗯,真的是无与伦比的好吃。虽然'河田屋'只是一家小店,但每一款和果子都很细腻,连茶道的掌门人都赞不绝口。"

立花露出凝望远方的表情说:

"但是,河田屋的厉害之处并非仅此而已。"

"还有哪里厉害?"

"我师父很注重日常的便宜和果子,像是御萩、鹿之子、最中饼和大福。他说,正因为是大家都买得起平常吃的和果子,所以更不能偷懒。我也是因为这个原因,才会选择在河田屋当学徒。"

嗯,我觉得这种想法很棒。如果有这种店,我也会成为老主顾。每天买上生果子,恐怕很快就会破产,但每天买大福应该没问题。

"虽然他看起来很可怕，但没想到是个好人。"

"嗯，就像你遇到的那样，师父很喜欢调侃别人，但他对和果子比谁都认真。而在和果子以外的世界，他就会变成一个调皮捣蛋的小鬼，真的很让人伤脑筋。"

立花在说话时，脸上的表情越来越柔和。

"你为什么会离开你师父？"

"起初我并不想离开，但被师父骂了一顿，他说在当今的时代，想要日后自立门户，不可以只在一家店当学徒。虽然你可能无法想象，但当时我离开那家店时，还忍不住哭了呢。"

立花害羞地笑了起来，其实我完全可以想象。

"但是，当我去了别家店之后，才终于体会到师父说的话。像店铺的地理位置和销售方法，除了技术以外，还有很多东西可以学习。"

"尤其是像在百货公司之类的地方要如何经营之类的问题吗？"

"没错没错！"

原来他在为自己有朝一日开店做准备。听到立花的话，我深有同感。想要认真做某件事时，很多事都可以成为学习的机会。

"对了,同样是红豆,如果是大纳言红豆,就不叫'切腹',你知道为什么吗?"

立花好像突然想到似的问我。

"因为就算煮烂了,皮也不会破吗?"

"答错了。大纳言不是贵族的意思吗?因为只有武士才会切腹,所以大纳言红豆就不叫'切腹'。"

搞什么嘛。这么深入的问题,不是光推理能够解决的,还需要掌握想象、文字游戏和意译这些高超技巧。

"另外,《源氏物语》中也曾经出现亥子饼,在'葵'的帖中——"

不知道是否越说越起劲,立花还介绍了许多有关和果子的杂学知识,但我目前最需要的是反击他师父的资料。当我想要转换话题方向时,突然听到墙壁发出咚的一声。我和立花互看了一眼,立刻又听到"咚咚"的声音。

"是樱井!"

我们慌忙站了起来,走去店里。樱井像千手观音一样站在柜台内装着和果子。

"对不起!刚好有三位顾客同时出现!"

立花发现眼前的状况后,立刻拿起计算器和货单走向顾客。我仍然穿着制服,所以协助樱井把顾客点的和果子包起来。

"梅本,你已经打完卡了吧?真不好意思。"

"没关系,我才不好意思,让你一个人顾店。"

但是,我忍不住看着眼前三位顾客,他们都看着樱井,等待各自的商品。樱井竟然能够在这种状况下敲墙壁。我问了樱井这件事,她笑了笑,看着墙壁说:

"是用脚,用脚啊。我上半身在工作,下半身在偷偷用脚踹墙壁啊,刚好被柜台挡住,顾客看不到,是不是很棒?"

樱井可能因为太忙了,说话也变得很随便,于是我小声提醒了她。她故意咳了一下,然后大声地说:

"让您久等了!已经为您包好了!"

*

翌日,立花的师父果然上门了。他仍然戴着墨镜,今天穿了一件鲤鱼跃龙门图案的毛衣,趁椿店长正在接待其他顾客时走了过来。虽然立花说他会提早来店里监视,但还是没赶上。

"嗨,小姐。"

"欢迎光临,谢谢您经常惠顾本店。"

我鞠躬向他打招呼。他露出意外的表情。

"对不起，昨天吓到你了。"

难道是因为我昨天一脸惊恐，所以他今天打算来向我说明情况吗？虽然我脑海中掠过这个想法，但还是做好了作战的准备。

"不，让最中饼流汗是本店的疏忽，鹿之子的久助也一样，谢谢您的指教。"

我流利地说着专有名词，立花的师父惊讶地拿下了墨镜。"流汗"和"哭泣"一样，都是受潮的意思，"久助"则是指有瑕疵的和果子。

"关于捣练，我的说明也不够充分，真的很抱歉。本店平时都使用加了求肥的关东系练切，只有在新年头一次泡茶等特殊场合才会使用捣练。"

这是立花告诉我的杂学知识，除了捣练派和练切派以外，练切也分成关西派和关东派。关西以山药馅为主体搅拌均匀，关东则以白豆沙馅加入求肥等带有糯性的面粉来增加黏性。

虽然其中的知识很复杂，让人忍不住想说哪一种都没关系啦，但用立花的说，这是"重要的问题"。为了表达敬意，我也用这些专有名词来反击他的师父。

"小姐——"

立花的师父突然把脸凑了过来。我是不是得意忘形了？我正感到担心，没想到他严肃的表情突然放松。

"你在一天之内真的学了不少啊。"

"松元先生，谢谢您的称赞。"

立花的师父名叫松元三太。和果子师傅松元先生，您还满意吗？

"太惊讶了，竟然连我的底细都被摸清楚了。"

"是，因为我昨天请教了立花先生。"

"对哦，原本还想逗逗你，那家伙真是不解风情。"

他在和我说话时，接待完顾客的椿店长走了过来。

"是松元先生吗？幸会幸会。我是蜜屋东京百货店的店长椿晴香。"

椿店长递上了名片。

"啊，真是不好意思，我没有带名片的习惯。"

他把椿店长的名片收进口袋，深深地鞠了一躬。

"谢谢你照顾早太郎。"

"不，立花教了我很多事，他很能干。"

"是吗？那就太好了，不过……"他抓了抓头，"我想要说声抱歉，我昨天吓到这位小姐了，行为不够成熟，真的很抱歉。"

他对我也深深地鞠了一躬。

"您不必放在心上,反正最后破解了暗号,所以我并没有一直感到害怕。"

"是吗?但是,最后的花牌会不会有点难?"

"哦,亥子饼吗?这是——"

我正打算说明,只见宣传部的女职员沿着通道走了过来。

"蜜屋的店长,我有事想要和你讨论一下。"

她以为立花的师父是普通的顾客,向椿店长招了招手,把她叫到柜台角落。

"关于你提出的资料,也未免太敷衍了。"

"什么意思?"

"御萩怎么能算是知性的食物?御萩很不起眼,而且根本缺乏故事性。你也太敷衍了。"

虽然女职员压低了嗓门,但我们还是可以听到她们的谈话。原来椿店长打算用御萩参加秋季食品展。

"我认为御萩有丰富的文化背景,价格也很适中,大家又都很熟悉,所以才推荐啊。"

"你是认真的吗?御萩会让人联想到扫墓的彼岸节*,感觉很阴沉,也很土气,可不可以换其他比较华丽的生果子?"

御萩的确很土气,很有家庭的味道,但正因为是不起眼的和果子,才随时能够给人带来安心的感觉,所以我很喜欢。我心有不甘地听着她们说话,立花的师父突然大步走到柜台角落。

"我说这位小姐,你是这家百货公司的人吗?"

"啊?哦,对,是啊。"

"那就应该好好了解一下和果子的知识,很少有和果子像御萩这么有趣味。"

女职员听到顾客突然这么说,有点不知所措。

"你似乎不知道,那我就告诉你,御萩的名字有七种变化。"

"七种变化吗?"

"对,首先是大家都知道的,在春天叫牡丹饼,在秋天就叫御萩,这两个名字分别来自牡丹和萩,但二者完全是相同的食物。"

原来是这样。听他这么一说,觉得的确是这么回事。

---

* 以春分或秋分为基准,前后共七天。

我在脑袋里把牡丹饼和御萩画上了等号。

"牡丹饼只用豆沙做,但御萩还会沾黄豆粉、芝麻和青海苔。我猜店长应该打算用这种方式推出吧?"

"是啊,我打算做比平时小一号的御萩,再装进各种不同颜色的盒子,就可以有缤纷的感觉。"

椿店长得意地点头说道。

"之所以会联想到彼岸节,是因为在家里也很容易做,你知道其中的理由吗?"

"不知道……"

"因为做御萩时,把糯米蒸熟后,不必像做麻薯一样捣到全烂,只要捣到半米粒的状态就可以,普通家庭都能做,所以才会成为我们日常生活中常见的和果子。也因为制作方法较开放,才会有好几个不同的名字。"

立花的师父在说话时,顾客不断上门。我竖起耳朵,向顾客确认购买的商品。

"四个'跳月'吗?好,我马上为您准备。"

不知道立花的师父是否听到了,他指着我的方向说:

"月亮。这正是御萩的另一个名字,因为不必捣碎,所以称为'不知捣','捣'和'月亮'同音,所以又称为'不知月',意思是看不到月亮,所以又根据看不到月亮的方位,称为'北窗'。'捣'这个字又和'到达'同音，所以也称为'不知到'，进而引申为不知道什么时候到达的'夜舟'。还有，因为没有发出捣碎的声音，邻居也不知道，所以又称为'邻不知'。怎么样，是不是有七个不同的名字？"

太厉害了。我完全不知道御萩的名字有这么多变化，宣传部的女职员似乎也不知道，哑口无言地听着他的话出了神。

"在了解这些的基础上，再看看这个。"

立花的师父把一张画着野猪的花牌放在柜台上。嗯？所以正确答案并不是野猪吗？

"在花牌中，萩和野猪必定画在一起，你知道是什么原因吗？"

"……不知道。"

女职员用手托着脸颊，表示难以理解。

"你想一想，野猪的肉叫什么？"

老实说，我从来没吃过野猪肉，但我记得好像牡丹锅*是用野猪肉做的……等一下，牡丹？

这时，我之前听过的杂学知识全都在脑海中连成了一

---

* 日本的一种猪肉火锅料理。

条线。

"啊!我知道了!牡丹肉看起来像牡丹花,所以联想到牡丹饼,牡丹饼又叫御萩,所以就引申到植物的萩。"

"小姐,你学习很有成果,答对了。"

他笑着对我竖起了大拇指。

"和果子的名字常常来自谐音或是文字游戏,我认为这是一种文化。"

椿店长适时表达了自己的意见。宣传部的女职员可能觉得三对一,形势对自己不利,所以心不甘情不愿地收起手上的数据。

"如果要推出御萩,那包装一定要色彩鲜艳一点。"

"是,那当然。"

椿店长笑着目送她离去。

*

"啊呀,真是太漂亮了。"

立花的师父笑着,把手放在柜台上。

"多亏您伸出援手。"

"托你们的福,让我学到了不少。"

他看着女职员离去的方向小声说道。

"不瞒二位,有百货公司邀请我的店入驻商场,但我很担心自己的和果子在看不到的地方会受到怎样的对待,所以想到来早太郎工作的店参观一下。"

怪不得他对和果子的味道要求很严格。我回想起他好像在测试每一个细节的态度。

"您参观了之后,有什么感想?"

听到椿店长的问话,他苦笑了起来。

如果自己在百货公司开分店,会是怎样的情况?能够维持和果子的质量吗?如果自己不在现场,店员有足够的知识接待顾客吗?他在思考这些问题的同时,接触到我这个一无所知的打工店员,对和果子的专有名词一窍不通,缺乏从事这个行业的人应有的态度。他一定对我深感绝望。

遇到这种情况,他当然想要挑剔和调侃一下。我忍不住垂头丧气,他瞥了我一眼。

"我不光参观了你们的店,还顺便看了这个地下楼层的食品馆,觉得百货公司追求整齐划一,似乎不太适合我,所以我会拒绝在百货公司开分店,但这位小姐很特别。"

"……啊?"

"我第一次来这里的时候,你不是正在向其他顾客说明

'光琳菊'吗?"

那时候我正在向杉山奶奶介绍。

"虽然你的知识很破碎,但你的形容让人垂涎三尺,我也忍不住听得出了神。在我的店里,没有人能够像你一样接待顾客。"

我想,他应该在称赞我。

"和果子的知识很重要,但能够用各种方法表达'这种和果子好吃',才能真正打动来店里的顾客。"

"因为梅本对和果子充满了爱。"

"没错,她的确给我这样的感觉。"

立花的师父笑了笑,突然抓住了我的手。

"呃?啊?"

"知识随时都可以学习,但讨人喜欢和说服人的能力无法靠学习得到。如果你不想在这里做,随时来我的店,我可以让你吃很多久助。"

这未免太有吸引力了。啊,我不是这个意思啦。这该不会是我人生第一次被"挖角"吧?我人缘很好吗?

"非……非常感谢。"

原来他对我的评价这么高,我忍不住感到高兴。但当初是椿店长先赏识我,所以我必须在这里做好自己的工作。

"您的心意我收下了。"

我深深地鞠了一躬。他一脸遗憾，笑着说："是吗？"

"对了，关于鹿之子，我喜欢艳天胜于天妇罗。"

"天妇罗"是他最后一个谜题的关键词。"天妇罗"是在和果子表面用液状羊羹凝固的一种方法，"艳天"则是用寒天等有光泽的食材凝固的方法，也就是说，大部分鹿之子最后都是用"艳天"凝固。

"嗯，学习能力很强也令人欣赏。"

"我可不放人，梅本是本店重要的吉祥物。"

当我们三个人一起笑起来时，姗姗来迟的立花终于出现了。

"师父，果然是你！你在这里干什么？"立花问。

他的师父一脸贼笑地回答说：

"不告诉你，你猜猜看。"

哇噢，他果然是调皮捣蛋的小鬼，而且和哭丧着脸说"好过分啊"的立花站在一起，简直就像在说漫才。

*

这是我这辈子第一次被男人握着手，想要我跟他走的日子。我再度在内心发誓,一定要好好学习和果子的相关知识,因为我们和《源氏物语》中的人物吃着相同的和果子,不是很厉害吗?

从很久很久以前一直持续至今,时间的另一个名字叫历史,所以,我也自动成为历史的一部分。虽然我这辈子将会默默无闻,无法在任何书上留下名字,但只要继续吃和果子,把和果子传承给下一代就好。

因为默默无闻的御萩一定是在像我这种默默无闻的人的支持下,穿越历史的浪潮,流传到今天。

甘露家

"……杏子!快起来!"

远处传来声音,但我假装没有听到,翻身继续睡觉。

"杏子,我在叫你!赶快起床!你又想迟到吗?!"

"嗯……"

我拿起枕边的闹钟。八点。嗯,才八点。

"你在磨蹭什么?今天休假吗?"

"不,要上班啊。"

我用被子裹住身体回答道。

"那不是该起床了吗?平时不是每天七点就起了吗?"

"今天不用起床也没关系。"

我慢条斯理地回答,像躲进巢穴的动物,只把脑袋露了出来。

"因为今天我上晚班。"

"什么？晚班？"

"对，所以只要十点多出门就好。"

呵呵呵，这样简直和休假差不多。我忍不住窃笑，全身感受着温暖的被子。

"好吧。"

妈妈的声音平静下来，但下一刹那，她突然掀开了我的被子。

"好冷！妈，这样我很冷啊！"

我忍不住坐了起来，想抢回我的被子，但我妈叉腰站在那里，无情地把被子丢在脚下。

"不起床也没关系，但你不吃早餐，我就没办法收拾厨房。你先去吃，吃完再睡。"

"……好吧。"

我无奈地点了点头，下床开始换衣服。

*

椿店长一脸歉意地走到我面前。

"梅本，有一件事想和你商量。"

说完,她把十二月到一月的排班表递到我面前。我低头一看,发现上面有很多空栏。

"樱井这个月很忙,所以无法每天排班。"

原来如此。空栏是原本樱井排班的时间,她还在读大学,可能要参加期末考试或社团活动。

"如果你可以排这个时间,想要麻烦你……"

"哦,好啊,所以我要上晚班,对吗?"

我这个月没什么特别的事,所以轻轻点了点头。椿店长露出松了一口气的表情。

"可以吗?真的很抱歉,我会尽可能让你早下班。"

"不必放在心上,我也想试试上晚班。"

当初我来应征时,说好不限制时间,但椿店长和立花很照顾我这个新人,所以一直让我上早班,渐渐就变成我上早班,樱井上晚班的模式。

但我在这里工作将近半年,差不多也该上晚班了。

"如果你家里有事的话可以请假,到时候我会请总公司派人来支持。另外,如果回去的时候路上有危险,也可以提早下班。"

我对贴心的椿店长露出笑容。

"没关系,我家住在商店街,灯光很亮,稍微晚一点也不必担心。"

但我没有提成为这个季节最大悬案的那件事。

"谢谢,这下我就放心了,因为接下来是旺季。"

"好,我会努力工作的!"

上晚班才算是独当一面。我自认为是这么一回事,所以挺起胸膛。

那是本月初发生的事。

*

我比平时更悠闲地吃完早餐,喝着茶,看了一会儿晨间的谈话类节目,也才九点而已。

"啊,太幸福了。"

我咬着腌渍菜,看着平时根本不可能看到的电视节目。

"喂,真的没关系吗?"

妈妈看到我一直不出门,不解地皱起眉头。

"没关系,上晚班只要中午之前到就好。"

"是吗?"

"对啊,但会比较晚下班,应该十点左右吧。"

"啊哟,那你回来的时候要小心。"

妈妈露出比刚才更加不安的表情。

"但从车站到家里，一路上都很亮啊。"

"那倒是。"

妈妈点头同意我的意见，然后把放了茶杯的托盘递到我面前。

"……干吗？"

"既然你有时间，那就去佛桌奉茶。"

"还没有奉茶吗？"

我把托盘拉了过来，把新的茶叶放进茶壶，再把热水倒进另一个容器。照理说每天起床后的第一件事就是奉茶，但妈妈今天似乎忘记了。

"因为一大早就在忙。"

"是啊。"

等倒进容器的热水稍微冷却后，我把水倒进茶壶，再把茶倒进摆放的杯子中。爷爷生前用的杯子很粗犷，而奶奶生前喜欢用薄质细腻的茶杯，至于从来没有见过的曾祖父则喜欢用给菩萨奉茶的小杯子。

最后为菩萨装完新的水，我站了起来。

我走进和室，把托盘放在佛桌前，然后把茶放在他们各自的遗照和牌位前。

"对不起,今天奉的是第二壶茶。"

我不由自主地嘀咕道,拿起摇铃摇了一下,双手合掌祭拜。

虽然我不信佛,但从小就这么做,所以这种习惯一直延续至今,也希望爷爷和奶奶能够收到这份心意。

目前对于从年底到二月中旬为止的悬案问题无解,但还是祈求祖先保佑。

"只能顺其自然。"

拜完之后,我顺便收拾放了很久的点心。我妈几乎把所有食物都堆在佛桌上,除了茶和零食以外,还有别人送的盒装糕饼、蔬菜和水果,甚至还有买回来放在家里的一整箱果汁。她简直把这里当成食品储藏室了。

"奉给菩萨又不是坏事。"

妈妈打开我收回来的零食时说道。

"虽然不是坏事,但总觉得好像不太对劲。"

我也拿起一包。透明的塑料袋内装了漂亮的西点,我家平时都用和果子祭拜祖先,所以很难得看到西点。

"这些西点是哪儿来的?"

"别人送的,我觉得偶尔用西点也不错。"

厚厚的饼干上铺着裹了糖衣的杏仁,将其一口咬下去后，可以闻到从又甜又苦的滋味中散发出的黄油香味。

"真好吃。"

很地道的西点，扎实的材料完全呈现在味道上。妈妈点着头，说了一句我无法不注意的话。

"西点都很漂亮，各种味道也很丰富，我看这一阵子都买西点好了。"

"和果子也很漂亮啊，也有各种不同的味道。"

我有点生气，大声喝着茶。

"但和果子几乎都是豆沙的口味啊。"

我无言以对。

说到和果子，的确大部分是豆沙馅，但和果子的世界并非只有这一种，还有麻薯、铜锣烧以及有着松脆外皮的果子，还有又脆又硬的花林糖，论口感绝对不输西点。

就口味来说，和果子有梅子、柚子、柿子以及其他各种水果的味道，此外也有肉桂、抹茶味的和果子，风味并不比西点逊色。

既然这样，我为什么没有反驳？不甘心的我嘟着嘴站了起来，回自己房间，准备出门上班。

＊

我十点走出家门,虽然有点冷,但比一大早出门暖和多了。走在挂满圣诞饰品的商店街,我情不自禁地看向时下很有人气的漂亮蛋糕店,觉得时代的变化或许是无可奈何的事。

(的确赢不了十二月的蛋糕店。)

在蜜屋工作之后,我变得比之前更加喜欢和果子,所以很想全面支持它们。无论和果子还是西点,都各有优点,正因为如此,每当听到别人拿和果子与西点比较,我就会很不高兴。

(今天下班回家时,就买和果子给妈妈吧。)

我带着反省的心情搭上电车。十一点走进百货公司,穿过来买午餐和岁末赠礼的人潮,终于来到蜜屋。

"早上好。"

已经快中午了,可以说"早上好"吗?虽然这么想,但还是向樱井打了招呼。

"啊,早上好,不好意思,让你上晚班。"

"不必在意,我也想试试晚班。"

"但现在是十二月,你不忙吗?"

"没关系,我爸妈都是本地人,不需要返乡探亲。"

"那就太好了。"樱井说完,向我举起一只手,"那我们来交接。"

我们轻轻击了个掌,樱井打完卡便去午休了。我目送她离去。这时,接待完顾客的椿店长走了过来。

"梅本,早上好,第一次中午来上班是什么感觉?"

"早上好,这个季节很想赖床,所以觉得好像赚到了。"

"哦,对哦,的确是这样。"椿店长微笑着说。

我问了她今天早晨的疑问。

"店长,什么是西点有,和果子却没有的东西?"

"这是脑筋急转弯吗?"

"不是。只是我觉得大家都很喜欢西点,相较之下,和果子似乎处于劣势,所以不知道是什么原因。"

我看向正在举办特惠活动的泡芙店,觉得更沮丧了。和果子店绝对不可能像那样大排长龙。

"是啊,但我并不认为和果子处于劣势,只不过……"

椿店长也看向泡芙店的长龙,突然笑了起来。

"这倒是一个良好的启示。"

"啊?泡芙吗?"

"对,更简单地说,是小孩子。"

泡芙和小孩子。这是和果子所没有的吗?小孩子的确不太喜欢和果子,却很少有小孩子能够抵抗鲜奶油的诱惑。所以……

"关键在于鲜奶油吗?"

听到我的回答,椿店长笑了起来。

"梅本,你说对了,时下最受欢迎的就是入口即化的点心。"

"入口即化?"

"对啊,也许说松软绵密更容易理解。吃进嘴里很快就融化,但同时留下了浓郁的油脂香味,这是当红商品的特性。"

泡芙的确入口即化,味道也很浓郁。

"冰淇淋、布丁、巧克力就不用说了,尤其是人气很高的马卡龙,入口即化是关键中的关键。"

松软绵密,入口即化。虽然听起来感觉很不错,但还是让人无法苟同。

"但是,听起来好像在形容小孩子的味觉。"

汉堡、奶油浓汤和咖喱虽然都很好吃,但总觉得少了点什么,难道是因为我太别扭了吗?

椿店长一脸轻松的表情,点了点头。

"小孩子的味觉成为主要评判标准也是无可奈何的事,

因为人类的身体往往会认为高热量的食物比较美味。"

"是吗?"

"是啊,所以没有人觉得砂糖和油脂、盐和油脂,以及碳水化合物和油脂的组合不好吃。"

椿店长举的例子可以分别对应甜甜圈、薯片和花式面包。我觉得很有道理,高热量的食物的确很美味。

"但如果单论油脂,和果子中也有花林糖和大学芋*等油炸的商品;乳制品的话,有鲜奶冻和奶油风味的桃山**;如果是鸡蛋制品,则有蛋黄豆沙和长崎蛋糕,品种很丰富。"

"那……和果子和西点几乎没什么不同啊。"

椿店长听到我这么说,点了点头。

"现代的运输业很发达,所以日本和西方国家之间几乎不存在食物传输上的阻隔,西点师会做抹茶口味的西点,和果子师傅也会做巧克力口味的和果子,真的是'和洋'无界限。"

听了椿店长这番话,我想起这个楼层有不少店铺卖加了鲜奶油的铜锣烧,或是巧克力大福这些融合和果子和西点

---

* 大学芋与中国的拔丝红薯类似。
** 桃山是一种口感细腻的和果子,以白芸豆沙为主要材料制成。

特色的食物。我点了点头，椿店长又继续说道：

"为了能够在这种环境下生存，糕点业界的人不断摸索更新、更受欢迎的糕点，比如目前流行的就是入口即化、松软绵密的点心。"

"呃……所以并不是和果子不受欢迎，而是无论西点还是和果子，都有所谓的'流行糕饼'吗？"

听到我的回答，椿店长轻轻拍着手，说：

"回答得很好。"

椿店长对刚好经过柜台前的顾客露出笑容，指着买泡芙的队伍说：

"西点中也有很多历史悠久但外形土气又很油腻的糕饼，因此，西点师会从中不断挑选出符合日本人味觉和大众口味的西点，就成为现在的流行西点。"

原来如此。我对市面上流行哪些服装很外行，不过对流行的糕点还算略知一二。比方说，我家附近的"嘉德丽雅西点店"卖的蛋糕就很传统，那家店的泡芙外皮坚硬扎实，而眼前这家大排长龙的店做的泡芙外皮蓬松滋润，这两种泡芙简直是不同的食物。

"我有点放心了。"

原来没有胜负，只是因为流行而已。这种想法让我得到了慰藉，因为流行会不断变化。

最好的证明就是这个楼层的几家西点店生意也有好坏。生意好的总是固定的几家店铺，其他家的生意就比较差，甚至有的店铺平时几乎没有顾客上门。

"不过，听到和果子不受欢迎的确有点难过，这几年因为宣传和风风潮，所以渐渐受到重视，但还是无法和流行糕点相提并论，所以我们店也要努力促销。"

椿店长说完，走向停在展示柜前的顾客。

*

樱井吃完午餐回来后，轮到椿店长休息。

"晚班的流程是怎么安排的？"

我趁没有顾客的时候问樱井。

"店长差不多两点回来，三点轮到你休息，我会在四点时清点收款机下班。晚上一般是八点打烊，收拾结束后，八点半到九点就可以下班了，差不多就是这样。"

我记录的时候，突然想到一个问题。

"店长会留到最后吗？"

"今天立花休息，所以她上全天班，但店长休息时，立花就要上全天班。"

从开始营业到打烊，总共要工作十一个小时。

"真辛苦。"

"是啊，但如果没有正式职员，就无法营业。"

这样的安排应该是需要有人为店务负责，但这家店的人手还是太少了。

"至少希望有三个正式职员。"

"嗯，但现在各家店都一样，都要努力节省人事费用。"

看来正式职员也不轻松。我们叹着气，开始补充岁末礼品和商品单。

樱井最先发现了那个男人。

"梅本。"

当我鞠躬送走顾客时，樱井小声地对我说：

"你不觉得站在转角处的那个男人有点奇怪吗？"

"啊？"

我不经意地看向那个方向，发现有一个身穿西装的男人看向这里。光是这样并不会引起我们的注意，他好像正在写什么东西。

"该不会是间谍吧？想要窃取蜜屋和果子的设计？"

"如果是这样,只要买回家不就好了吗?"

我想起立花的师父,告诉自己不能轻易下结论。

"也对,所以是记录别人提的要求吗?"

有可能。但如果直接来问,柜台这里就有简介啊。我正在想这些事,男人走了过来。

"哇,他走过来了。"

樱井立刻封住嘴,露出她擅长的亲切笑容。

"欢迎光临。"

"欢……欢迎光临。"

我慢了一拍,跟着说道。男人瞥了一眼上生果子,说:

"本月的和果子是什么?"

"十二月的和果子是根据冬至的柚子所设计的练切'柚子香',还有模拟茅屋顶房子的桃山'乡居',以及呈现霜积在柴木上的'初霜'。"

樱井流利地说明完毕,我忍不住在心里为她鼓掌。太完美了。

没想到男人又追问:

"这个'初霜',你虽然说明了外表,但到底是什么味道?"

"主体是求肥麻薯,里面是加了黑糖的豆沙,所以味道很浓醇。"

"那外面的呢?"

他指着粘在"初霜"上棒状的部分。

"哦,那个……"

樱井结巴起来,我立刻走到她身旁。

"这是用烤蛋黄豆沙做的短枝。蛋黄豆沙就是在白豆沙中加入蛋黄,然后再进行烘烤。短枝的口感很松脆,入口即化,和求肥麻薯富有弹性的口感形成对比,很美味。"

"好的。"

看起来二三十岁的男人即使站在面前,也不觉得他是顾客。因为他看起来不像是会买商品的样子。

"那个长得像房子的和果子,也是豆沙做的吗?"

他指着"乡居",偏着头问。难道他刚才没有听到樱井的说明吗?我有点生气。

"不,它的馅是柿干果酱,外层是名为桃山的烤果子,所以和普通的豆沙果子是不同的味道。"

其实这个和果子中也使用了豆沙,在柿干的周围有一层薄薄的白豆沙,而且桃山的外皮中就加了白豆沙,但我觉得他会因此而将它归为豆沙类和果子,所以我故意没说。

"嗯嗯,所以这是柚子味,这是柿干,最后是黑糖麻薯,对吗?"

"对。"

我露出樱井向我传授的笑容。

"好的,谢谢,那每一款各两个,还有所有口味的羊羹各一个,以及所有口味的最中饼各两个。"

"啊?"

原本以为他不会买,所以我有点惊讶。

"对了,收据不用写抬头。"

"好的。"

为了掩饰慌乱,我很快为他结完了账。

"谢谢惠顾,欢迎再度光临。"

目送他离开后,我和樱井互看着。

"他竟然买了。"

"而且一口气买这么多,该不会是帮公司买的吧?"

樱井把收据翻了一页,偏着头纳闷。

"梅本,你现在对和果子很熟了,真是厉害啊。刚刚帮了我的大忙。你是什么时候学的?"

"哦,我只是看了一下书而已。"

"原来是这样,你太了不起了。"

樱井对着我用力点头,我嘿嘿地笑着。我没有告诉她,只是因为随手买的一本杂志的特辑报道中刚好介绍了和果子的制作方法。

*

下午比较平静,四点时樱井开始清点收款机。

清点收款机就是确认到那个时间点为止的销售金额与内容,是否和收款机内的金额相符。

我平时在开始清点收款机前就下班了,所以这是第一次看到。

"店长,梅本,那我就先下班喽。"

"辛苦了。"

送走樱井的同时,我也在一旁协助清点。蜜屋只有一台收款机,所以必须趁顾客不多时结束清点。

"梅本,能麻烦你算一下收款机内的总额吗?"

"好的。"

我计算完纸币金额,把硬币放进专用的容器后,报上了数字。加上信用卡的消费金额,和事先准备的找零金额,就是目前的总额。扣除清点报告上记录的销售金额,如果得出的数字和找零的金额相符,就代表没问题。

"嗯，完全相同，太好了。"

椿店长粲然一笑，一只手拿着清点报告，不知道在上面写着什么。

"我去后面一下，马上就回来。"

说完，她就走去了后面的仓库。在等待她回来期间，我接待完两名买生果子的顾客，不经意地抬起头，发现刚才那个男人站在那里。

而且我仔细一看，他手上并没有拿蜜屋的商品袋，排在泡芙队伍后面的他仍然在写着什么。

"让你久等了，一切还好吗？"

"哦，还好，但有个人让我很在意。"

我把刚才和樱井在一起时的事告诉了椿店长，她看着那个正在排队的男人，点了点头，说：

"我猜他应该是采购。"

"采购？"

难道是在商社工作的人？

"对，既然他没有自报姓名，有可能是其他公司的人。"

"对了，他刚才拿收据时，也说不用写抬头。"

"那一定就是这么回事，因为不愿意说出公司的名字，所以叫你不必写抬头。我猜他应该是其他百货公司的采购。"

这代表他也注意到蜜屋的商品了吗？我突然紧张起来，万一因为我接待的态度不佳，让机会从指尖溜走了怎么办？

"既然在这个时期四处观察，应该不是为了新年特展，而是为二月或三月的特展做准备，或是某家百货公司新开了分店。"

"新开分店……"

我想起立花的师父也是因为有人邀他开店，才会来这里参观。我再度发现自己虽然身处和果子店，但同时也是在百货公司，更是身处食品业界。

樱井曾经告诉我，五点的时候店里可能会成为"战场"。她预言的这一刻即将到来。我在观察卖场后发现一件奇妙的事，在四点四十五分时，人潮仍然带着下午的感觉，悠闲地走在通道上，但是一到五点，人潮立刻多了起来，充满了嘈杂、匆忙的气氛。

"五点的特卖开始啦！"

"汉堡四个一千日元！"

"现在最热门的泡芙只有今天设摊哟。"

食品馆内到处响起热闹的吆喝声，顾客听到声音，立刻小跑着前往那些柜台。

我原本以为热卖品都以熟食类为主，没想到也有很多顾客来到和果子区，而且热卖的商品和白天时段明显不同。上生果子几乎没有销量，但体积较大的大众商品一个接一个地卖。

"五个最中饼吗？"

"我要六个大福。"

我在此起彼伏的叫声中忙碌地包着商品。幸好因为不是上生果子，所以不需要用托盘，包装也比较简单。

"我要的十串御手洗丸子还没好吗？"

"是，请稍候片刻。"

原来如此，这就是"战场"，和中元节及岁末商战时完全属于不同种类的忙碌，但我有一种似曾相识的感觉。

"还没好吗？"

"好了！马上给您！"

我双手拿着丸子和大福跑来跑去的样子，完全不像是高级和果子店的店员，但我并不讨厌这种手忙脚乱的感觉。

"让您久等了！"

我大声叫着，把商品递给顾客时猛然惊觉，原来和在商店街的感觉一样。

白天和晚上的顾客层次不一样。虽然我之前就知道这一点，但没想到连购买的商品也不一样。

"因为这个时间大家都饿了，所以能够填饱肚子的商品比较受欢迎。"

傍晚的尖峰时段结束后，我们终于喘了一口气。仔细一看，我发现原本在展示柜内堆积如山的丸子和大福只剩下不到十个。我之前很早就下班，一直以为这些和果子都会被剩下，看来大错特错了。

"原来这类商品都是为了傍晚的尖峰时段准备的。"

"没错。生果子在白天卖完，这些普通的和果子在晚上卖完，是最理想的状态。"

仔细思考后发现，上生果子几乎都是为茶席或是顾客准备的，而且必须在当天吃完，所以当然会在白天被售出。天黑之后，人们就想买体积大的和果子疗愈工作了一天的疲惫身体。

"原来有这么多奥妙。"

我看着人潮稍微变少的楼层，心情有点复杂。蜜屋很幸运地只剩下为数不多的商品，但有些店铺的展示柜中还有满满的生鲜食物。

（如果卖不出去怎么办？）

虽然事不关己，但我还是不由得担心起来。已经差不多快七点了。

但各店铺的店员似乎并没有感到焦急，也没有积极招呼顾客。

（他们应该大声招呼啊。）

我暗自为他们感到担心。不一会儿，我发现大家都开始忙碌地准备着什么，站在通道上的顾客也不时看着时钟，似乎在等待什么。这时，广播中传来楼层长的声音。

"各位久等了！今天最后一波特卖即将开始。东京百货公司惯例的结束营业前三十分钟特卖现在开始！"

随着楼层长一声令下，顾客挤向各家店。前一刻还觉得空荡荡的楼层不知道从哪里突然冒出来这么多人，我忍不住感到惊讶。

"这是顾客在回家之前的期待。"

这也难怪。因为百货公司地下楼层的食品一到七点半都以半价出售，换成是我，也绝对会在这个时间买完再回家。

"我们店里剩下的和果子也只卖半价。"

椿店长把剩下的和果子都集中在展示柜正中央，方便顾客挑选。

七点五十分，整栋百货公司楼里播放着《萤之光》的音乐，保安和男职员开始把顾客引向出口。出口的铁卷门在八点拉下时，整个楼层的员工都向出口鞠躬。

"各位顾客，感谢您的惠顾。东京百货公司在八点结束今天的营业，期待您的再度光临。"

铁卷门缓缓落下，有些贴心的顾客在铁卷门外向我们轻轻挥手。我觉得好像在舞台上表演，不由得开心起来。谢谢各位观赏到最后。虽然没有谢幕，但我自以为是跑龙套的女演员，面带微笑地鞠着躬。

幕落下后，整个楼层就像早晨一样陷入一片嘈杂，到处响起清点收款机的声音。开店时只能在通道的角落走来走去，如今则可以大摇大摆地走在中间。

在阵阵"辛苦了"的声音中，蜜屋也开始第二次清点收款机。误差竟然是零，简直就是奇迹。在那片忙碌声中，竟然没有算错一日元，我不由得感到骄傲。

椿店长高举拳头叫了起来：

"太好了！赢了！"

我惊讶地东张西望，其他人似乎早就习惯了，并没有太大的反应。

"太好了，没有误差。"

我计算着耐放的和果子数量,点了点头。但椿店长看着我,说:

"嗯?梅本,你想错了,我不是为了收款机的事高兴。"

说完,她指着展示柜。四方形的漆器托盘上有三串豆沙丸子。

"是因为丸子吗?"

"对,生果子只剩下三串,这是很理想的成绩。"

椿店长从收款机下方的抽屉中拿出验货时用的进货清单,上面列着今天早上送来的和果子内容。

"你看,二十个最中饼,三十个大福,还有四十串御手洗丸子和三十串豆沙丸子。最中饼、大福和御手洗丸子全卖完了,上生果子也都卖完了,这代表我昨天的评估很正确。"

"该不会是在第一次清点收款机后,就要订隔天的和果子吧?"

我想起椿店长清点完收款机后去了仓库。

"对,必须根据今天上午的情况,确认明天的天气和温度,向工厂订货,尽可能不要有卖剩的商品,简直就像赌博一样,太好玩了。"

椿店长把这种事也看成是赌博吗?我既惊讶又佩服,这时听到通道上有人说话。

"阿椿,你又赢了吗?"

我回头一看,一位系着围裙的大婶站在展示柜外。她是哪一家店的店员?虽然个子很矮,但戴着银框眼镜的脸有点可怕。

"啊呀,原来是楠田姐,托你的福啦。"

椿店长做出胜利的手势,那个叫"楠田姐"的大婶用眼镜后方的一双眼睛打量着我。

"她是新来的吗?还是第一次上晚班?"

"是第一次上晚班。梅本,这位是酒品卖场的楠田姐。"

听到椿店长的介绍,我深深地鞠了一躬。

"我是梅本,请多关照。"

"我叫楠田,如果晚班时遇到任何状况,都可以来找我。"

虽然她看起来很凶,但似乎是好人。我不由得想到傍晚的电视剧中经常出现的婆婆角色。

"我先下班了,辛苦了。"

楠田姐轻轻挥了挥手,从通道上离去。椿店长目送她离开的背影,对我说:

"楠田姐在这个楼层工作的年数比楼层长更久,她很有名,大家都叫她'酒品卖场的活字典'。"

"她是东京百货公司的员工吗?"

"对,在酒品卖场工作的都是百货公司的员工。"

为什么其他店铺的员工都是外来的,只有酒品卖场是百货公司本身的员工?我不由得产生了疑问。椿店长向我解释说:

"酒品很少是某家店的自有品牌,既然没有店铺会派员工来工作,当然就得由百货公司的员工自己负责销售。"

听椿店长这么说,我才发现的确很少有知名的酒铺。

"而且有些酒不是很昂贵吗?就算是因为这个,也必须由自家的员工来管理。"

"这里也有数百万日元一瓶的葡萄酒吗?"

"我曾经听说是放在地下酒窖里,我也没见过。"

因为那是离我很遥远的世界,所以完全没有真实感。

"总之,楠田姐很会照顾人,我被派到这家店之后,她也帮了不少忙。"

"是吗?"

我收起原本放在展示柜上方的零售和果子,最后盖上布,一天的工作就结束了。

"我把钱送去会计室就结束了,你可以先下班了。"

听到椿店长这么说,我去仓库拿了透明拎袋。

"那我先走了。"

"啊,对了,梅本,如果你不嫌弃,把这个带回家吧。"

椿店长弯腰打开展示柜,把剩下的丸子装进了盒子。

"可以吗?"

"偶尔没关系,反正到明天就变硬了,也没办法卖了。"

"谢谢!"

"辛苦了。你第一天上晚班,累了吧?"

椿店长微笑着把包好的丸子递给我。

我可以带回去给妈妈吃。我难掩喜悦地走在通道上,但刚走了几步,立刻停了下来。

"炸……炸鸡块,十个才一百日元?"

"小姐,要不要买?如果你买二十个,算你一百五十日元。"

"真的吗?"

熟食店的店员叫住了我,我立刻拿出了钱包。反正鸡块可以当明天的菜。

"谢谢!"

我拎着丸子和炸鸡块准备回家,走了几步,再度停了下来。

"饭团一个五十日元?"

平时卖三百日元的熏鲑鱼饭团竟然只卖六分之一的价

格，当然非买不可。虽然我这么想，但好不容易才克制住。毕竟回到家里还有饭吃。

但是，之后又有不计其数的折扣品出现在我面前。三盒综合生鱼片一千日元,有满满鲜奶油的草莓蛋糕一百日元，整只的烤鸡有点烤焦了，所以我没有多看一眼，但听到所有便当通通一百日元时，我忍不住又停下了脚步。

"要不要买回去当宵夜？带回家吃吧。"

准备回家的员工纷纷停下脚步张望着。如果我一个人住，绝对会买回家。我快步走过那家店，拼命抵挡着丰盛的中式便当和幕之内便当*的诱惑。

*

第二天，我和立花一起上晚班。

"你在旺季开始上晚班，很辛苦吧？"

立花在店里的时候，一如往常地说着无懈可击的敬语。

"因为之前经历过夏天的中元节商战，所以并不会觉得太辛苦。"

---
* 一种常见的日式便当。

"太好了。"

我们在说话时,也在忙碌地做事。今天是星期六,而且是年底,和果子的生意比平时更好。

"小姐,请给我六个大福。"

"好的,马上为您准备。"

即使补了一次又一次货,大福和丸子也很快就卖完了。看到这些和果子的销量,我知道椿店长今天的预估也很精准。

(周末一整天的销售情况都像是平日的下午高峰期销量。)

之前我从来没有仔细观察,但现在发现拖家带口的人、情侣、几个看起来像是朋友的女生,以及一群男生,这些顾客果然不买上生果子。

"你看你看,要不要买丸子?"

"好啊,我有点饿了,买大福吧。"

类似的对话不绝于耳。

"梅本,你去休息吧。如果不按时休息,就会停不下来了。"

我听从了立花的建议,离开店里去休息。上早班时,我都在仓库内吃午餐,但现在正值年底旺季,整个楼层都很嘈杂,所以我去了员工食堂。

下午三点的食堂内散发着慵懒的气息,和人满为患的地下食品馆完全不同。有人趴在桌上睡觉,有人在看书或杂志,在这个时间休息的通常都是一个人,所以大家都非常安静。

午餐和套餐区的商店已经打烊,我便在简餐区点了比萨吐司和欧蕾咖啡,坐在窗边的沙发座位上,喝了一口欧蕾咖啡,忍不住吐了一大口气。因为刚才一直在人多的地方,可能情绪太紧绷了。

"我可以坐在这里吗?"

听到有人问话,我立刻点了点头。

"好啊,请坐。"

员工食堂内的沙发座位不多,所以拼桌很常见,但希望对方不会抽烟。我暗中想着这些事,发现对面的托盘上点的食物和我的完全相同。

"咦?"

"啊!"

我情不自禁抬起头,发现戴着银框眼镜的楠田姐一脸惊讶。

"呃,我记得你是蜜屋的员工吧?"

"我是梅本。"

"哦,对啊。"

楠田姐坐了下来，喝了一口欧蕾咖啡后重重地吐了一口气。我们不光点了相同的食物，连行动也一样。我忍不住哧哧笑了起来，楠田姐瞪了我一眼。

"有什么好笑的？"

"因为我们点了相同的东西，连动作也一样。"

"是哦，但可不是我学你，是你学我。"

"啊？"

我看着楠田姐的脸，听不懂她在说什么。楠田姐咬着比萨吐司，得意地说：

"我跟你说，我这十年来，每天都在这个时间休息，坐在这张沙发上，吃相同的食物，只是你刚好今天也来这里而已。"

"每天！所以楠田姐，你专门上晚班吗？"

"也不是专门，只是上午几乎没有顾客来买酒，所以很自然就变成这样了。"

"一直上晚班不会很辛苦吗？"

"身体适应之后，反而更轻松。我一个人住，即使晚回家也不会造成任何人的困扰，早晚班交替反而更累。"

前一天晚归，第二天一大早就起床的生活的确让人开心不起来。

"阿椿不会为你排这种班吧?"

"对。"

"我见过很多家店的人,觉得她很了不起。"

听到她称赞椿店长,我也忍不住高兴起来。

"她接待顾客很厉害,细致、周到,或者说体贴入微。"我点了点头回答。

楠田姐竟然对我摇头。

"不是,阿椿厉害的地方在于她不是'冲销量的店长',而是'致力于零损耗的店长'。"

"商品全卖出去不就是零损耗吗?"

"并不是这样。如果只是冲销量,事情就很简单。只要大量进货,举办促销或是降价活动,吸引顾客的注意,然后在接待顾客时下点功夫,就可以解决问题。像熟食区的店铺努力冲销量,但也有很多损耗,所以每天都有员工特卖,但阿椿不会这么做,对不对?"

我也咬着比萨吐司,点了点头。

"昨天也只剩下三串丸子。"

"这就是我想要说的,她随时都在思考如何将损耗控制在最小范围,她很珍惜自己店里的商品,对所有的食物都很珍惜。"

楠田姐说完，又喝了一口欧蕾咖啡，重重地吐了一口气。我觉得楠田姐很帅气。

"我希望自己也好好珍惜蜜屋的和果子。"

"嗯，加油喽。"

然后，我们都陷入了沉默。休息时间已经过了一半，如果一直聊天，彼此都无法好好休息。我茫然地看向窗外，楠田姐则靠在沙发上闭上了眼睛。

冬日的午后，窗外的太阳开始西斜。

*

"该不会失火了吧？"

打烊后，听到有人这么问，我吓了一跳。

"失火？"

"啊？哪里哪里？"

因为事发突然，整个楼层立刻不平静起来。声音从熟食区传来。我用力闻了一下，隐约闻到了焦味。我有点害怕，但四处张望后，发现其他人都不慌不忙，所以也渐渐冷静下来。虽然已经有人打电话给消防局了，但现场的初期灭火应该很重要。

这个楼层的灭火器放在哪里？我正努力回想着，立花突然抓住了我的手臂。

"小杏，赶……赶快逃呀！"

不不不，这场火灾没这么严重，而且立花竟然不小心用了少女的语气对我说话。我小声提醒他，他立刻脸色发白地说：

"再……再不赶快逃，就会被烧死的！如果你没有安全离开，我无法向你父母交代！"

你是我的未婚夫吗？看到立花慌张的样子，我忍不住叹了一口气。

"立花，你先镇定，别着急。"

蜜屋位于地下楼层的墙边，灭火器应该就在附近。我走去角落，找到了灭火器。

"我去现场看一下。"

立花张大嘴巴，露出像爱德华·蒙克画中的表情。

"别担心，没有人逃走，这里也没有顾客，而且万一火势扩大，我们可以从那个角落的楼梯往上逃，所以要先去灭火。"

"好……好吧。"

我抱着灭火器走去火场，立花摇摇晃晃地跟在我身后。

当我走进人群的中心时,发现起火点是熟食卖场的烧烤机。仔细一看,平时总是在烤全鸡或猪肉的机器不知道是否出故障了,正冒着黑烟。

幸好没有看到火苗。我刚闪过这个想法,便看到烧烤机外的玻璃罩内吐出了火舌。

"万一火蹿出来,就很危险。"

听到有人这么叫,我立刻走上前。还有几个人也拿了灭火器,大家同时举了起来。

"开始——喷!"

灭火剂喷向烧烤机,随着"咻——"的声音,立刻闻到一股化学药剂的味道。化学药剂渗入烧烤机,火势渐渐转小了。

"太好了。"

鲜鱼卖场的大叔拍了拍我的肩膀说道。

"我早就觉得这个烧烤机早晚会出问题,幸好是在没顾客的时候。"

"早晚会出问题?怎么回事?"说话语气已经恢复正常的立花问道。

"这里不是为了吸引顾客,整天都在烤肉吗?烤肉的量明显过多,而且在快打烊的时候,还经常把卖剩下的肉加热,等于从早烤到晚。我之前就觉得总有一天会把机器烤坏。"

我想起之前快下班时，看到他们正在卖烤全鸡，觉得大叔言之有理。的确是烤得太多了。

"幸好平安无事。"

"是啊。"

不一会儿，保安部的人和消防局的人都来了，我们就走回自己的店。

中途经过蜜屋附近的西点店时，我看到店员正在把蛋糕装进外带的大盒子里。如果是她自己买回家，未免也太多了。看来有不少都是卖剩下的。那家店的主要商品是西点礼盒，但蛋糕的种类也很丰富，只是生意好像并不太好。

虽然站在店铺的立场，不希望发生这种情况，但店员能够带那么多蛋糕回家，一定很开心。我忍不住有了这种小孩子的想法，独自红了脸。

不一会儿，消防局的人把我找去，简单地问了当时的情况。当我告诉他是自己用灭火器灭了火时，他笑着说："做得很好。"但是，站在他旁边的大叔突然偏着头，说：

"你是……"

"我是——"

我正想告诉他，我是在蜜屋打工的，大叔突然"啊"了一声。

"我想起来了，你就是在训练的时候肚子咕咕叫的女生！"

下一刹那，他竟然在调查火灾状况的严肃场合发出了一声爆笑。

怎么可能？难以相信！我的天啊！

竟然对女生说这种话？！竟然真的说了？！

越是这种时候，越是有人发挥了不必要的贴心。

"小杏，今天很累吧？肚子是不是饿了？"

我走去仓库拿私人物品时，立花喜滋滋地跟在我身后。

"……我不饿。"

我忍不住用很不客气的口吻回答，但立刻后悔了。立花并没有错。

"哦，是吗？那就喝杯咖啡吧，你吃蛋糕吗？"

"我什么时候说好和你去吃饭了？"我忍不住问。

立花不停地拨弄手指，说：

"虽然火势不大，但还是遇到了火灾，如果不稍微聊一下再回家，不是会害怕得心神不宁吗？"

"我不会啊。"

"你别这么说嘛,去喝杯咖啡,好吗?"

听到他这么央求,我只能无奈地点头。

"那我在员工出口等你!女生换衣服比较慢,你先走吧。"

我在他的目送下走过食品馆。

穿越点心区,来到刚才发生火灾的熟食区时,我看到楠田姐走在前面。因为和她之间有一段距离,所以我就没有出声叫她,而是跟在她身后。

楠田姐拿了太多东西。她双手拎着很大的塑料袋,而且还带着她私人的拎包。大袋子里似乎装着便当或是熟食,感觉像是要去参加派对。

(圣诞节快到了。)

我努力不去想这件事,但还是不小心想起来了。我忍不住皱起眉头。十八岁的圣诞节。

我走进更衣室,换上牛仔短裤,在制服的白衬衫外面套上V领的长款毛衣。勤快的人下班会换衬衫,但我怕麻烦,每次都直接穿回家。因为这是棉质的衬衫,每天都可以洗,而且今天穿的这件并不是店里提供的。

(我就是太懒了,所以才交不到男朋友。)

忍不住揭自己的短,从储物柜里拿出靴子,结果开柜门的时候不小心撞到了旁边的人。

"啊,对不起。"

"不,没事。"

我抬头一看,忍不住有点惊讶。因为她就是刚才把很多蛋糕装进盒子里的女生,我记得那家店名叫"金苹果"。

"辛苦了。"

我向她打招呼,她似乎也认得我。

"哦,你是蜜屋的。"

"对,我是在蜜屋打工的梅本,你是在金苹果上班吧?"

"对,但我不是正式职员,是派遣员工。我叫桂泽。"

她解开有着可爱皱边的围裙,对我点了点头。我真的很羡慕系这种围裙很好看的女生。

"金苹果的哪一种蛋糕最好吃?"

我打算下次买来吃,便忍不住问道。

"嗯,真正好吃的是刚做好的蛋糕。"

"刚做好的?"

"对,上早班的时候,蛋糕刚被送到店里,只要一打开盒子就有一股很香的味道,让人忍不住流口水。"

那应该真的很好吃。我也忍不住吞着口水。

"哦,所以你今天也带了蛋糕回家吗?"

我想起她刚才拿了蛋糕盒，左右张望了一下，发现果然放在长椅上。

"啊，你是说那个。"

"我原本以为你是把卖不出去的蛋糕带回家，原来是因为好吃才买回家。要带回去给家人吃吗？"我拉起靴子的拉链时问道。

但她皱起眉头，摇了摇头。

"我没有买，而且我也不想要。"

"啊？"

"是哥哥啦。"

她穿上洋装后抬起头。原来是她哥哥差遣她做这种麻烦的事。

"他叫你买回家吗？"

我也有哥哥，有时候他也会对我提出一些无理的要求，所以我很理解她的心情。她听了我的话，露出惊讶的表情，然后背对着我，可能发现自己的内衣没穿好。

"蜜屋的生果子也都是从外面送来的吧？"

"对，偶尔会剩下，可以让我们带回去。"

"原来是这样，那我先走了。"

她很快换好了衣服，匆匆走出更衣室。我说了什么让她不高兴的话吗?

我目送她离开后,又等了一阵子才走出更衣室。少女换衣服一定很慢。

*

"让你久等了。"

"对啊,我等很久了。"

我等了足足十分钟,但我并没有说出口,只是瞪了他一眼。之后,我立刻感到后悔。啊,我差点忘了,这家伙长得很帅气。

"小杏,你穿便服也很可爱。"

"……谢啦。"

我才不想听穿上修身牛仔裤和长款大衣后,看起来像模特儿一样的人对我说这种话。

"简直就像泰迪熊。"

哪里像?是因为我身上这件从高一就开始穿的双排扣大衣吗?还是说把大衣撑得很鼓的身材?

"我知道一家咖啡店的戚风蛋糕很好吃,所以想去那家。"

戚风蛋糕是无辜的。我点了点头,立花开心地走出车站。

这里不愧是市中心的车站,车站前装饰着漂亮的霓虹灯。我竟然和一个男人并肩走在街上,这还是人生中的头一遭。大部分女生在这种情境下会小鹿乱撞,只可惜我知道太多现实中的不可能因素了。

"咦?"

快到那家店时,立花突然停下了脚步。

"怎么了?"

"那不是楠田姐吗?"

顺着他手指的方向看去,前面有一个矮小的女人。虽然我没认出来,但看到她双手拎着大塑料袋,我确定就是她。

"真的啊。"

"不知道她要去哪里。"

我们走向远离车站的方向,楠田姐走在我们前面。

"可能她住在这附近?"

"不,应该不是。之前听她说,她住的地方坐电车要二十分钟。"

"所以真的是去参加派对吗?"

因为正值圣诞节,看到拿着大量食品的人,会立刻联想到派对。

"刚才我在更衣室也遇到带了很多蛋糕回家的人。"

我把遇见桂泽的事告诉了立花。

"因为可以用员工价购买,所以好像很多员工的家人都会要求买很多。"

"是吗?"

用员工价购买的确很划算,但如果家人常常要求,或是一次买很多量,不是会让员工觉得很不好意思吗?

"平安夜快到了。"

走进店内刚坐下,立花立刻开心地说。

"小杏,你有没有什么浪漫的活动?"

我差点把嘴里的水喷出来。

"……没有。"

如果有这种活动,我现在一定会绞尽脑汁思考当天要穿什么衣服。啊,当然必须在大号的衣服中挑选。

"立花,你呢?"

"我?告诉你哦,我找到一棵超可爱的圣诞树,今年打算装饰在家里!"

"不,我不是问这种事。"

我一边聊天,一边把他推荐的戚风蛋糕送进嘴里,忍不住惊讶不已——口感滋润蓬松的蛋糕转眼就在嘴里消失了。

"太……太好吃了!"

"我就说吧?"

戚风蛋糕是用植物性油脂做的蛋糕,所以口感向来很轻盈,但没想到竟然可以入口即化。

"立花,原来除了和果子以外,你也很喜欢吃蛋糕。"

我想起和椿店长讨论过西点与和果子的话题,想要请教一下他的意见。立花双手捧着欧蕾咖啡的杯子,笑着说:

"对啊,因为好吃和可爱的东西无国界啊。"

原来在少女心中,没有东洋和西洋之分。我深深表示认同。

"啊,但是我反对别人说和果子都是用豆沙做的,因为西点几乎也都是用面粉、鸡蛋、黄油和砂糖做的,既然知道西点中的玛德莲蛋糕、年轮蛋糕和饼干的不同,就应该知道鹿之子、御萩和大福也不一样。"

"你说得有道理。如果要这么说的话,酱油、味噌、豆腐和油豆腐都是黄豆制品。"

"小杏,你说得太对了!"

我在草莓口味的戚风蛋糕上加了大量鲜奶油放进嘴里。

嗯,美味的确无国界。

＊

隔天，来上早班的立花向椿店长报告了昨晚的事。"我在朝会上听说了，梅本，你立了大功。"

"不，没这回事。"

"听说消防局的人也夸奖你。"

被称赞当然高兴，但想到那个大叔的爆笑，我忍不住有点郁闷。

"烧烤店真是吓死人了，大家都应该吃亥子饼。"

不知道是否因为昨晚吓坏了，立花气鼓鼓地说。

"亥子饼是上个月的上生果子吧？"

亥子饼在麻薯外包着红豆馅和黄豆粉，是一种口感柔软的上生果子。在旧历十月初的亥日吃亥子饼，可以消除疾病。亥子饼外形如其名，模拟了小猪的样子，因为猪多产，所以也有多子多孙的意味。

"呃，我记得在茶席时也会吃亥子饼。"

即使我努力回想之前临时抱佛脚学到的知识，也找不到为什么在这种情况下要吃亥子饼的答案。椿店长告诉了我。

"亥子饼被用于茶道开炉，开炉就是为烧热水的炉子生火的仪式，而猪被视为爱宕神社伏火神的使者，所以开炉仪式都选择在第一个亥日,保佑不会有火灾发生。"

"就像荒神一样吗?"

我想起放在家里厨房的符,我记得那也是保护用火的神明,但立花对着我摇头。

"虽然很像,但还是有点不一样。荒神是掌管火和炉灶的神明,可以用火净化不干净的东西或是污物,让这些东西无法靠近,所以被视为可以保护家宅。伏火神的名字就是伏火,所以是预防火灾的神明。"

"所以,伏火神是只管火灾的神明吗?"

"对,所以以前也都选在亥日为暖桌或是火炉开火。"

吃亥子饼,小心火烛。我的脑海中浮现出这句话。

"但其实还有后续,"立花一脸贼笑地看着我,"在旧历十月初的亥日,也要吃御萩,你知道为什么吗?"

"御萩?"

没想到球从意想不到的方向飞来。我拼命动脑筋,不希望在和果子的联想游戏中落败。玩这个游戏时,最重要的是想象力和文字水平,还有无聊的冷笑话能力。

御萩。御萩就是牡丹饼,名字来自牡丹和萩的花。想起立花的师父出示的花牌。花牌上画了什么?

"野猪肉被称为牡丹肉,所以叫牡丹饼,所以也就是御萩!"

"答对了。你真聪明!"

他们为我鼓掌,我则无力地垂下肩膀。这和小心火烛根本没有关系,只是冷笑话而已!

这天快下班时,我再度看到桂泽把蛋糕装进盒子里。

"你哥哥又叫你买蛋糕回家吗?"

我走过去向她打招呼,她惊讶地扭头看着我。金苹果的店面不大,店内一般只有一名员工。

"嗯,对啊,我哥哥要求……"

"带这么多回家很辛苦吧?坐电车时会不会被挤坏?"

"不,今天不用带回家。"

说完,她把蛋糕盒放在冰箱的最深处。

"你不带回家吗?"

"呃,我哥哥明天会来拿。"

她哥哥觉得连续两天叫妹妹带回家不太好吗?

"哦,那就太好了。对了,我可以买这里的蛋糕吗?"

听说金苹果的蛋糕很好吃,幸好她还没有最后清点收款机,所以应该不至于给她添麻烦。

"你想要买哪一种?"

"我要栗子蛋糕和奶酪蛋糕各一块。"

她蹲了下来,用夹子夹起最里面的蛋糕。一般来说,拿最靠近自己的蛋糕不是更方便吗?我忍不住这么想。至少蜜屋是这么做的。

"请你在今天之内吃完。"

"好。"

结完账后,我从桂泽手上接过蛋糕盒,走回自己店里。

"梅本,你买东西了?"

"对,我买了金苹果的蛋糕,我一直想吃吃看。"

我把蛋糕盒举到已经清点完收款机的椿店长面前。

"不过,原来每家店夹糕点的方式不一样。"

"是吗?怎么不一样?"椿店长纳闷地偏着头问。

我向她说明:

"我说要买蛋糕,她拿了展示柜最里面的蛋糕给我。我觉得这样很麻烦,但可能用这种方式,顾客比较容易看到。"

"是啊,真是很少见。"

椿店长看了桂泽一眼,再度纳闷起来。

手拿蛋糕盒时,即使不是特别的日子,心情也会不由自主地雀跃。我走出员工出口,慢慢走在通道上,背后传来匆忙的脚步声。

当身后的人经过我身旁时，我抬头一看，原来是楠田姐。一旦认识之后，就会不时遇见。她今天双手也拿着两个大塑料袋，把手的地方几乎快被扯断了。

（每天都去参加派对？）

不，搞不好是提前举办新年会。总之，让向来和任何派对都无缘的我羡慕不已。

我在平安夜没有任何约会，圣诞节当天应该在家里和家人一起吃炸鸡。这样的圣诞节我过了十八次了。

真没劲。

"嗯？"

回到家后，我和妈妈分食了带回来的蛋糕。吃栗子蛋糕时，她忍不住皱起眉。蛋糕中完全没有洋酒的香气，栗子泥也很干，一下子就掉下来了。

"你难得买回来，我不应该挑剔，但并不怎么好吃啊。"

"嗯，我也觉得。"

"奶酪蛋糕倒是很好吃。"

我妈说得完全正确，烤奶酪蛋糕很不错，但栗子蛋糕很干，在平均水平以下。

"还是嘉德丽雅的蛋糕比较好吃。"

我想起嘉德丽雅的栗子蛋糕,虽然很传统,但加了大量洋酒,于是忍不住叹气。我对金苹果有点失望。

"看来并不是在百货公司设柜就一定好吃。"

"是啊,可能这家店比较擅长奶酪蛋糕这种烤出来的蛋糕。"

或者就像桂泽说的,如果不在刚做好的上午吃,味道就变差了。仔细想一想,其实很有道理。刚做好的蛋糕当然好吃,就像刚捣好的年糕最好吃。

*

连续上了几天晚班,我渐渐适应了。站在嘈杂的卖场内,我充分体会着楠田姐说的话。

"梅本,今天打烊后,可不可以陪我一下?"

被今天上全天班的椿店长这么一问,我立刻对她点了点头。

"对不起,在这么忙的时候占用你的时间。"

啊,当然没关系啊,我又不可能把"没事,反正我很闲"这句话说出口,只能无力地笑着。

既然没有任何安排，干脆来上班比较轻松。我看着眼前来往的人群，开始为岁末礼品做准备，时间很快就过去了。

"什么？平安夜那天也排了晚班吗？"

樱井惊讶地问我，我在仓库对她说了实话。

"因为我很闲啊，反正也没事可做。"

"哦……不和朋友联谊吗？"

"没有。我的老同学都和大学同学过圣诞节，一起吃尾牙。"

所以，圣诞节时我只和家人一起过，不再是会在枕边等待圣诞老人的年纪了。

"啊！但你不是和立花一起去喝咖啡了吗？没有约会的感觉吗？"

"少女只是带我去吃美味又可爱的蛋糕……"

"哦，那……"

樱井无言以对，默默地把手放在我的肩上。

"梅本。"

"啊？"

"没有等不到黎明的夜晚。"

"什么意思？"

"那我先下班喽。"

樱井留下可爱的笑容和一点都不可爱的话之后便走了。

打烊后,椿店长用比平时快好几倍的速度完成了打烊工作,在其他店还在清点收款机时,她对我说:

"梅本,你可不可以去把金苹果的桂泽叫过来?"

"好,我这就去。"

到底有什么事?我边想边去叫桂泽。

"啊?找我吗?"

"不好意思,我们店长问你可不可以去找她一下。"

"好啊……"

她一脸不安地来到蜜屋的展示柜前。椿店长从店内走出来,在她耳边小声说了什么,她立刻脸色大变。

"那三十分钟后见喽。"

我完全搞不清楚状况,椿店长小声地对我说:

"我只是问她,这里的人知道很棘手的哥哥的问题吗?"

*

桂泽的哥哥?我没有见过。难道椿店长认识他?而且她还问桂泽这里的人知不知道。听起来好像是不方便公开的人。虽然我之前误把立花的师父当成是黑道兄弟,但搞不好桂泽的哥哥真的是。

"可以走了吗?"

在椿店长的催促下,我们去了那家咖啡店。

但是,看到走在我身旁的店长,我忍不住叹气。她一头短发,脸很小,身材苗条。我不想和她走在一起。

"怎么了?"

我和椿店长的储物柜离得很远,所以我们约在出口见面,一看到椿店长身上的衣服,我被震撼到说不出话。

"没事……"

她穿了一件紫色皮夹克,下面是宽松牛仔裤,脖子上系了一条看起来就像包袱布图案的围巾。

(上天果然是公平的。)

擦身而过的行人都忍不住对椿店长多看两眼。第一眼是被她一身装扮的颜色和图案吓到,第二眼是因为她的搭配实在太奇妙了。

我很想转身离开,只不过和之前与立花同行时想逃走的理由不一样。

"让你久等了。"

店长向已经先到的桂泽打了招呼,然后镇定自若地坐了下来，也为我点了饮料。桂泽则惊讶地看着我们。

"你既然来了，就代表已经知道我想对你说的话。"

桂泽听了椿店长的话，用力点了点头。

"有一件事要先向你确认。听说你是派遣员工，这是你擅自做的决定，还是总公司的指示？"

"……有人指示我，但不是公司，而是负责我那家店的区域经理说的。"

"太好了，那就有几个解决的方法。"

椿店长喝了一口咖啡，露出微笑。

"呃，对不起，我完全听不懂你们在说什么。"

我诚惶诚恐地插嘴问道。她们同时看向我。

"梅本，你果然不知道哥哥的事。"

"当然不知道啊，我最近才认识桂泽，怎么可能知道她哥哥？"

我喝着热巧克力，注视着桂泽。她一脸歉意地搅着咖啡。

"梅本，我说的哥哥并不是真的哥哥。"

"哦？是没有血缘关系的哥哥吗？"

"呃，不是这个意思。'哥哥'是料理中的暗号，指昨天做的食物。"

暗号？我咕噜一声把热巧克力吞了下去，看向椿店长。

店长轻轻点了点头。

"对,也有人叫'老哥'或'阿哥',其他还有很多种叫法,但都是'比较早出生'的意思。"

"所以,你把前一天的蛋糕带回家了吗?"

"不,那天在更衣室遇到你,是我第一次带回家。在那之前——"

"偷偷和当天的商品一起卖给顾客。"

桂泽听了椿店长的话,点了点头。我不太理解'和当天的商品一起卖'的意思,在脑海中模拟了自己卖上生果子时的情况。拿商品,装进盒子,然后贴上贴纸。

"制作日期和保质期限!"

生果子的盒子上贴的贴纸基本上都印着当天的日期,也就是说,如果要将前一天的商品和当天的商品一起卖,就必须篡改日期。

"东京百货公司不允许贩卖隔天的生果子,但是——"

"但是?"

"偶尔会默认将很接近烧果子的生果子在隔天贩卖,但金苹果连使用了鲜奶油的蛋糕也会放在隔天贩卖。"

无论在行为上,还是文字所表达的意思上,都很不妙。我想起口感很差的栗子蛋糕,忍不住难过起来。

"金苹果这家公司对营业额的指标很严格，但这个区域的业绩一直往下掉，所以区域经理就指示各店把损耗的商品继续卖给顾客。"

损耗品是指必须进行废弃处理的商品。食品馆的那家烧烤店为了减少损耗，整天都在烤肉。当我意识到这件事时，才终于了解到楠田姐说的"致力零损耗的店长"有多厉害。

"从什么时候开始下达指示的？"

"从无法挽回夏季业绩滑落的九月开始。"

桂泽露出难过的表情。

"我很不愿意这么做，但区域主任说，如果不这么做，就要解雇我，所以我只好照做了。和我轮流当班的另一位派遣员工也一样。"

她告诉我们，方法很简单，只要把当天卖剩的蛋糕装在容器内假装丢弃，然后放在冰箱不明显的位置。隔天早晨，再和当天送来的新鲜蛋糕放在同一列最外面的位置。

但是，我突然想到一件事。

"最外面？"

"对，因为希望可以赶快卖完。"

我去买蛋糕时，桂泽拿了最里面的蛋糕给我。想到这里，我稍稍松了一口气。

"既然这样,为什么我们遇到的那一天,你把蛋糕带回了家?"

椿店长回答了我的问题。

"应该和火灾有关。"

"怎么回事?"

"因为发生了火灾,虽然不至于大费周章地勘验现场,但会进行调查。或许消防局的人不会注意,但如果百货公司的人开始检查店铺,就会发现放在冰箱里的'哥哥'。"

原来如此。因为百货公司方面不允许卖隔天的蛋糕,如果在打烊后看到蛋糕,就立刻完蛋了。

"因为这个原因,所以我急忙把'哥哥'带回家了,但把蛋糕装进蛋糕盒时,我真的很厌恶自己在做的事……"

泪水从桂泽的眼中流了下来。

"所以,那天你在更衣室找我说话时,我已经豁出去了,所以向你坦承是'哥哥'。"

"但梅本不知道这个暗语的意思。"

"对,当我回过神时,再度开始自保,但你还是信以为真地来买蛋糕。"

她抽抽搭搭地哭着,我把纸巾递给她。

"我上次买的时候,你拿了最里面的给我。"

"但是一点都不好吃，对吗？因为那天刚好只有'哥哥'和'大哥哥'，真的很对不起。"

桂泽说完鞠了一躬，她的头几乎碰到桌子了。

和桂泽道别后，我和椿店长一起走在街上。

"真对不起，因为在食品馆内说这件事，恐怕会被别人听到，所以也没有把实情告诉你。"

"我并不在意，只是不知道桂泽小姐接下来会怎样。"

"因为是上面的人有问题，所以我希望尽可能在保护她的情况下解决这件事，只不过不瞒你说，我也没有把握能不能维持现状。"

我默默点头。如果这件事公之于世，金苹果可能会面临被撤柜的命运。

"只不过如果公开这件事，也会对东京百货公司造成负面影响，所以百货公司方面可能会做出折中的决定。总之，我会尽力而为。"

椿店长说完，用力伸着懒腰。

"今天真的很谢谢你陪我一起来。"

"不，不客气。"

"如果你那天没有找她聊天，事情可能会变得更糟糕，所以这也是你的功劳。"

椿店长捏着我的脸颊,我有点不知所措。

"谢谢。"

街上的行人又连续看了她两眼啦。

*

翌日。楼层长接到椿店长的报告后,似乎和金苹果进行了私下沟通,"哥哥"事件没有立刻公之于世。

"在年底生意正好的时候,怎么可能让这种事曝光嘛。而且今天是平安夜。"

立花听说这件事后,叹着气,耸了耸肩。没错,今天是旺季中最忙碌的平安夜,原本应该愉快地投入工作。

"但听说金苹果在年底和年初期间必须停止营业,之后也不能再卖生鲜糕点,规模要缩小了。"

我沮丧地回答。

"东京百货公司为他们好好上了一堂成本课。"

太可怕了。立花在原本就已经够狭窄的仓库做出夸张的动作。

"百货公司方面不用向之前在不知情的情况下购买的顾客道歉吗?"

虽然我很高兴桂泽没有被开除，但在商业道德上，还是觉得有点问题。

"幸亏没有人来投诉，她也没有遵从指示，把'大哥哥'也卖给顾客，所以百货公司可能会当作这件事没有发生吧。"

"原来就这样解决……"

"站在消费者的立场，当然无法原谅，但令人悲哀的是，这在食品业界本该是心照不宣的事。幸好，无论蜜屋还是我都没有做过这种事。"

立花露出难过的表情。

"不管怎么说，欺骗总是欺骗，不法交易也还是不法交易。"

"台面下的交易……"

"虽然很难过，但这似乎并不是揭露出来就能够解决的问题。"立花说完，想要走出仓库。

这时，我想到一件事。

"立花，请等一下。"

"干吗？"

"如果你今晚有空，可不可以耽误你一点时间？"

平安夜。在我的人生中，第一次开口邀请男人。

*

那个矮小的背影走在前面,我们跟在后面,立花小声地问:

"每天都这样?"

"对,至少从我开始上晚班之后都是这样。"

打烊后,我们很快整理完毕,开始观察楠田姐的行动。楠田姐离开酒品卖场后,去了一个百元便当店,店铺竟然用二十个便当两百日元这种令人难以置信的价格卖给她。看到便当店的人熟络地把商品交给她的样子,显然这不是他们第一次交易。

"问题在于这些用便宜价格购买的便当最后的去处。"

"一大家子的人一起吃吗?"

"楠田姐说过她是一个人住。"

走在霓虹灯闪烁的街道上,周围都是为今天和明天铆足全力打扮的男生和女生,我们一脸严肃地从他们身边走过。

电视上经常报道一些关于食品的负面新闻,有的伪造产地和日期,有的在制作过程中混入以次充好的食材,或是在回收次等食材后再次贩卖。虽然不能浪费食物,但应该有更好的解决方法。

"因为不是自家的商品,所以应该无法篡改日期。"

"她会拿去卖吗?"

楠田姐双手拎满便当,走向远离车站的方向。从她毫不犹豫的步伐中,可以察觉到她有明确的目的地。

楠田姐不像是会做坏事的人,有可能像桂泽一样受到他人的威胁。如果我的预感是真的,椿店长一定会很难过的。

(果真如此的话,希望可以防患于未然。)

如果能够在店外逮到她并加以说服,也许可以及时阻止,同时不让他人知道。我抱着这种想法,跟在楠田姐的身后。

"好像渐渐远离闹市区了。"

正如立花所说,楠田姐走进了一处暗巷。和她做不法交易的人果然在无法看清楚长相的暗处等待吗?

继续往前走,巷子深处是写着"团体之家"的集体住宅。我记得团体之家专门收容老人和身心障碍者等无法独立照顾自己生活的人。

"该不会……"

昏暗的灯光下,楠田姐按下了玄关的门铃。

"每次都谢谢你,"从屋内走出来的奶奶摇摇晃晃地走向楠田姐,"真是帮了大忙。"

不知道那个奶奶是否耳背,说话很大声。虽然听不到楠田姐说话的声音,但她们就站在门口说话。

"没关系,没关系,今天不是平安夜吗?大家为你烤了点心,只不过材料都是便宜货,但烤得很好吃,你进来吃吧。"

不知道是否被说服了,楠田姐点着头。

"没关系,你妈妈的份也供给她了,一起来吃吧。"

楠田姐就像小孩子一样,被奶奶牵着手走进屋内。

太好了,真是太好了。看到便当的去处,我松了一口气,忍不住不停地点头。下一刹那,我开始为怀疑楠田姐感到极度后悔。

(我真是大傻瓜!楠田姐人这么好,我在乱怀疑什么啊!而且还给立花添了麻烦,在平安夜让他陪我到这么晚。)

我转过头,正打算向立花道歉时,突然被黑暗包围了。

"小杏杏杏杏杏!"

几秒钟后,我才意识到被身材高大的立花紧紧抱住了。我还来不及脸红,就被好像巨大的力量压得几乎喘不过气。

"立……花。"

"啊!竟然让我看到这么感动的画面!真的是平安夜,太棒了!"

立花感动得用力吸着鼻子,紧紧地抱着我。呃,对不起,我撑不住了。

"……狗酱。"

我发出不像是从女生口中冒出来的声音,用指尖戳着他的身体。

"啊?什么?"

投降。我说我投降了!

*

圣诞节当天。

我走去车站时,忍不住向蔬果店张望了一下。这家蔬果店经常有特惠品,即用便宜的价格贩卖不太新鲜的蔬果,有些卖相变差的叶菜类放在写着"请自由取用"的纸箱内,附近的邻居都拿去喂兔子或小鸟。

(希望过期或残次食品都可以按照这种方式处理。)

虽然我不喜欢别人随便丢弃食物,但也讨厌用有损于顾客健康的方式贩卖,所以,在食品即将失去价值之前,可以交由顾客自行判断。

"如果不嫌弃的话,请带回家吧。"

听到老板这句话,我决定下次还会来。不过,这可能是因为我嘴馋的关系。

令人意外的是,和果子在圣诞节的销量也很不错,尤其是上生果子。

樱井看到我很惊讶,向我说明:

"圣诞节不是都会吃大餐吗?通常都会准备蛋糕,但可能也会同时准备小巧可爱的上生果子,这只是我的猜想。"

"哦,难怪'柚子香'的销量最好。"

"没错没错,因为外形很可爱。"

那更要好好为顾客包装。当我们在聊这些话时,樱井下班的时间到了。

"你可以下班了。"

"今天店长上全天班,立花还要上晚班,有他们两个'双重奏',你就放心吧。"我对樱井说。樱井说了声"那我先下班了",然后走去仓库拿东西。

"好。"

我抬头挺胸,准备迎接下一位顾客,发现在附近的通道上有一个形迹可疑的西装男。他空着手,在周围的店铺前张望,不时按着手机,看起来完全不像要买和果子的样子。

(这种日子也要工作,采购真辛苦。)

我带着一丝认同的态度观察着他,发现樱井走到了那个男人身旁。男人看到她后，露出这个世界上最幸福的笑容，并用手势示意在出口等她。

（原来她男朋友来接她了！）

我在不知不觉中受到了打击，很想趴在展示柜上好好沮丧一番，但顾客还川流不息。

"请给我这种柚子的和果子。"

"好的。"

我冲向顾客，很想大声说："很乐意为您服务！"

宛如秋风扫落叶般的圣诞节终于落幕，我已经精疲力竭，椿店长对我们说：

"两位今天辛苦了，虽然称不上是圣诞礼物，但你们可以下班了。"

因为比平时提早了一个小时，立花忍不住问：

"店长，这样会不会耽误你下班？大家一起收拾比较快，我认为这样比较好。"

"谢谢，不用担心，明天早上再来补充和整理包装材料就好。"

"那我们就先下班了。"我们两个人一起鞠躬。

"啊，梅本。"

"什么事?"

"我想到了西点与和果子之间的差异,趁没忘记时告诉你。其实很简单,就是和这个国家的历史息息相关。根据本国的气候和湿度,使用本国的材料,为国人的婚丧嫁娶等习俗增色,这就是和果子的使命。"椿店长笑着说。

"婚丧嫁娶……"

喜庆的场合使用精美的砂糖果子或红白馒头,举办丧事时使用葬礼馒头,供佛时则使用比西点更耐放的干果子和最中饼。

"正因为扎根在这个国家的风俗习惯上,和果子一般都是常温保存,就连上生果子也是如此。当然,现在也会经常使用具有保湿功能的冷藏盒。"

"而且夏天的时候,果冻会融化,但寒天不会融化。"立花在一旁得意地说。

*

"小杏,你可不可以在出口等我?不会耽误你太多时间的。"走进更衣室前,立花这么对我说。

我忍不住感到纳闷。楠田姐的事已经落幕,我们也说好不告诉其他人，还有别的事吗？

虽然今天是圣诞节，但我还是换上了和平时差不多的衣服走向出口，没想到立花和他的师父在那里。

"馅子，圣诞快乐！"

立花的师父说着，递给我一个和果子的盒子。

"馅子？"

"对不起，我和师父聊了你的事，没想到师父也这么叫你。而且他坚持要送你礼物，我怎么劝他都不听。"

我是杏子，不是馅子。但我懒得纠正，向他鞠了一躬。

"谢谢，我可以打开看吗？"

"当然。"立花的师父点着头。我在他面前打开盒子，发现是几个用豌豆做的鹿之子。三角锥形的绿色鹿之子顶端是闪亮的金箔，显然是在模拟圣诞树。

"这个和果子叫星星的夜晚，即'星星夜'。"

"我知道了，是不是模仿'平安夜'，所以取名为'星星夜'？"

"答对了，馅子果然聪明。"

立花的师父笑得很开心。虽然他和往常一样，把自己打扮得像黑道兄弟，但今天特别可爱。

"还有，这是我送你的。"

立花指着盒子角落那个外形像房子的和果子说。

"这是'乡居'吗?"

但是,原本"乡居"上并没有放用模子做的星星。

"嗯,但是里面放了用草莓熬煮的草莓酱。因为昨天看到的那一幕太温馨了,所以我取名为'甘露家'。"

甘露是味甜如蜜的意思。甘露家。我想起楠田姐昨天去的那栋房子,小声地说:

"家。"

"没错,就是甜蜜的家,你带回去和家人一起吃吧。"

立花说完,便和他师父一起离开了。

从车站走回家的路上,我想起他们师徒俩做的和果子,忍不住扑哧笑了起来。

和果子师傅真是太自由了。

他们冲破了日本和西洋的甜品文化壁垒,把这个国家流行的事物作为创作主题,并运用现有的材料,制作出美味的和果子。柿子当季时使用柿子,草莓当季时使用草莓,就是这么简单。

和果子自由而美味,可以为人生增添色彩。其他国家也都有各自的糕点,在各种不同的场合,为餐桌增添着绚丽的色彩。

我一路想着这些事,来到家门口。从屋内透出了温暖的灯光。这就是我虽然平凡,但却可爱的家。我按下门铃,很有精神地叫了一声:

"我回来了!"

签语
的
去向

阵阵香气传来。

"杏子,烤好了吗?"

"嗯,马上就好。"

我用力吸着鼻子,看着烤箱内已经烤得鼓起的年糕,中间很快就会爆开的样子。

"啊!"

爆开了。年糕把肚子里的空气"噗咻"一声吐了出来,趁年糕还没有粘在网上,我立刻夹了起来。当连续烤好几块年糕后,我拿去给妈妈放进正在煮的火锅中。

"我的不用烤啊。"

哥哥在分新年贺卡的同时叫了起来。

"知道啦。"

特地为哥哥准备的锅子中,年糕已经慢慢融化。我虽然也喜欢吃软软的年糕,但总觉得把咸年糕汤煮成一锅糊糊的汤太可惜了,既然是新年吃的第一碗食物,当然要清澈无比。

我把烤好的年糕放进漆器碗内,再把咸汤倒进碗里。汤里放了鸡肉、油菜和鱼板,最后放上少许柚子皮就大功告成了。我家每年都吃这种很普通的关东咸年糕汤。

"呃,新年快乐。"

当家人都坐好后,我微微鞠躬向大家拜年。

"嗯,那就预祝今年全家人身体健康。"

爸爸站了起来,拿起装了屠苏酒的容器。屠苏酒原本应该被装在漆器杯中,但妈妈在几年前打破了杯子,所以这几年一直用小茶壶代替。

"杏子,快啊。"

不知道为什么,喝屠苏酒时,规定由年纪最小的人开始喝。虽然我不怎么喜欢屠苏酒的味道,但喝进嘴里,那种甘甜浓稠的感觉还不错。其实就是味淋嘛,因为平时只在做菜时使用,所以忘了味淋也是一种酒。

全家人都喝完屠苏酒后,仪式终于结束,然后大家开始吃各自喜欢的食物。

"不知道今年会不会中奖。"

妈妈看着有新年抽奖的贺卡嘀咕道。

"你也太性急了,公布日期还早着呢。"

"但去年不是难得抽中了吗?我希望偏财运可以持续到今年。"

偏财运。我看着自己收到的贺卡,拿起了栗金饨*。

*

今年的新年参拜,我和朋友们一起去了附近的神社。

"对了,杏子,你不是在和果子店打工吗?"

"嗯,很好玩,和果子和蛋糕一样,不同的季节有不同的种类。"

"是啊。"

我拉着摇铃摇了几下,投了钱,闭上眼睛。我每年都祈祷世界和平,家人健康。因为只要世界和平,我应该就能得到幸福。

"我们去抽签。"

---

* 一种用栗子制成的和果子。

虽然我不太相信算命,但并不讨厌抽签。投下一百日元后,我从木箱内摸出一张折得很小的签纸。

"啊,大吉!"

"啊?我是凶欸。"

"没关系啊,不是说'见凶转大吉'吗?"

我听着另外两个朋友的抽签结果,打开了自己的签纸。

"杏子,你的是什么?"

朋友探头张望,我把签纸递了过去。

"啊……'末吉'。"

"好微妙,也不知道该不该高兴。"

我突然想起以前在日文课上学过的俳句。我记得是"岁月迎新春,若问今日几许喜,不好亦不坏",虽然我忘了明确的意思,但差不多就是这种感觉。

"但是上面写着'失物·会找到'。"

听到朋友安慰的话,我无力地笑了笑。

"那'等待的人'那一栏呢?"

"好讨厌啊,我的竟然是'等不到'!"

"我的是'很快现身'!"

"对了,你明天不是和他约好一起去新年参拜吗?"

朋友们热烈讨论着这个话题。我看着自己的签纸,忍不住纳闷。

"等待的人·将现身,却难察"是什么意思?

身为女生,我很在意这句话的意思。

*

我初二就去上班了。

"新年的头三天,你可以休假。"虽然椿店长这么说过,但反正我闲着,所以就排了班。

(如果在家里,我一定会吃吃睡睡一整天。)

一边看电视,一边吃年菜,然后就在家里滚来滚去。与其这样莫名其妙地发胖,还不如上班有意义。

其实这只是冠冕堂皇的理由,真正的理由是,无论圣诞节还是新年,没有男朋友就不好玩,也不想去任何地方,更何况我们家根本不需要返乡,所以新年期间整天无所事事。

"啊?但我要赶好几份报告,真是糟透了。"

同样没有男友的朋友也很烦恼,但我还是忍不住羡慕她。还会被人要求做某件事的人,应该无法体会这种感觉。

"新年很闲?我真是超羡慕的!"

在仓库内遇见立花时,他一开口就大叫道。

"自从踏入这一行之后,我就从来不曾悠闲地迎接新年。"

"之前在你师父那里时也很忙吗?"

"当然啊!因为顾客在新年前一天也会上门来买师父做的和果子,所以一直会加班到那天晚上。"

新年期间也要忙着招呼顾客。立花说话时,瞥了一眼放私人用品的架子。

"当然,那种程度还是无法和百货公司相提并论。"

架子上放着东京百货公司的纸袋。大纸袋增加了厚度,袋口用订书机订了起来。

"啊,福袋。"

每年的新年新闻都会报道民众抢购百货公司的福袋,这家百货公司似乎也不例外。

"昨天人很多吗?"

"才不是人多而已,我们来上班之前,外面已经大排长龙了。"

听说队伍绕了百货公司的建筑物两圈。

"所以这一层反而很闲吗?"

"也没有。早上挤满了想要从不同路径前往福袋会场的顾客,乱成了一团。抢完福袋后,他们又来地下楼层逛逛,看有没有什么好吃的可以带回家。"

原来如此。卖福袋的活动会场在楼上，顾客除了在大门口排队以外，还可以爬楼梯或坐扶梯前往会场，避开人潮。

"那一定忙坏了。"

"是啊。而且椿店长上午也去凑热闹，有一段时间我一个人在店里忙得鸡飞狗跳。"

"咦？樱井不是也来上班了吗？"

"她下午要和男朋友去新年参拜，所以提前离开了。"

这并不意外。我看着椿店长的战利品，用力系好围裙。

"啊，梅本，新年快乐！"

"新年快乐，今年也请多关照。"

我深深鞠了一躬。椿店长递给我一个像是红包袋的东西。

"不好意思，不是红包，只是新年的一点小心意。"

"谢谢。"

打开这个手感很轻却略微鼓起的袋子，里面有一个和果子和绑了结的五日元硬币。

"这是签语饼吗？"

那是将圆形和果子皮折起来的烤果子，我记得以前在中餐馆见过类似的饼干。

"虽不中,亦不远。签语饼与名叫'辻占'的和果子关系密切。"

听椿店长这么说,我点着头,正想打开辻占,立花突然叫了起来。

"啊啊!"

"怎么了?"

"没事,既然是占卜,不是应该等一下慢慢看吗?"

立花在店里的时候说话很正常,但最近每次听到他说话,我就会在脑袋里自动帮他翻译。我猜他想说的是——

"啊哟,不行不行!搞不好是恋爱占卜,当然要一个人偷偷看啊!"

店长说辻占原本就是指签纸,后来才把包着签纸的煎饼也称为辻占。或许是因为以前都在花柳街一带贩卖,所以当时以恋爱相关的占卜为主,近年来才发展为针对大众的日常占卜。

(恋爱啊……)

无论时代再怎么变化,女生希望在占卜中看到的答案只有一个。我把小袋子放进口袋,轻轻叹了一口气。

辻占并不是专为员工生产的,蜜屋推出了袋装的辻占作为新年和果子。因为保存期限长，也可以成为聊天的话题，辻占成为招待顾客的理想点心。最好的证明就是辻占的销量很不错。

"呃，我要生果子各两个，顺便也把这个包起来。"

或许是因为五百日元的价格很亲民，很多人都会顺便把它带回家。

"有点像是小福袋的感觉。"

听到椿店长这么说，我点了点头。

"看来大家都喜欢福袋。"

"梅本，你不喜欢吗？"

"虽然不讨厌，但也不至于喜欢。"

除了我向来不太相信占卜，更重要的是，基于某个理由，我无法购买福袋。

因为没有人能够保证，福袋里的衣服我可以穿得下。

女生通常想要抢购装了名牌衣服和杂货的福袋，但我相信只有穿中号的人才能够毫不犹豫地伸手抢福袋。

虽然有些品牌会准备从小号到大号的福袋，但千万不能轻易相信。因为那些时尚的品牌通常会把大号做得比较小。

如果福袋里装的是可能穿不下的衣服，那就根本称不上是福袋，而是惊吓袋。正因为我有这种想法，所以至今为止的人生始终和福袋无缘。

（衣服的尺寸应该有统一规格才对。）

我暗自想着这些事，身旁传来椿店长兴奋的声音。

"我最喜欢福袋了！"

我知道。我用力点了点头。

"那有点像是在赌博。"

因为椿店长喜欢赌博，所以每年都去抢福袋。我觉得八成是这个原因，没想到她竟然摇了摇头。

"这当然也是一部分原因，但最重要的是搭配。"

"搭配？"

"对，因为福袋里的衣服都已经搭配好了，所以自己就不必再烦恼，不是很轻松吗？既便宜，又可以轻松地拥有时尚感，我就是喜欢这一点。"

听了椿店长的话，我突然想到一个问题。

"……店长，你该不会打算买几个福袋，然后靠里面搭配好的衣服撑过一整个冬天吧？"

"啊哟，你怎么知道？"

谁不知道啊。原来这才是她总是一身奇装异服的原因。

"店长，搭配——"

我忍不住想要说几句逆耳忠言，这时，刚才去仓库的立花不知道拿了什么东西走回来。

"对了对了,我差点忘了这个。"

他在柜台上打开纸袋,从里面拿出两块崭新的像是羽子板*的东西。椿店长看了,立刻皱起了眉头。

"这个——"

"我想用来作为新春的装饰。"

椿店长拿起板子,立刻翻了过来,然后轻声叹着气。

"这是新的,你去哪里买的?"

"其实是我自己做的。"

"自己做的羽子板,很有新年的味道,太风雅了。"

我点了点头。立花笑着说:

"这不是羽子板,是和果子的木刻模具。"

"木刻模具?"

我感到疑惑,立花打开原本合在一起的两块木板,其中一块是平的,另一块凹了下去,凹下去的部分是经常在佛台上看到的菊花干果子图案。

"把制作和果子的材料放进去,然后合起来。"

"原来干果子就是这么做出来的。"

---

* 女孩子在新年期间打羽球时使用的木球拍,上面装饰有美丽的图案。

立花点了点头,指着凹下去的模具说:

"做干果子时,会用这两块木板压花,也有的生果子只有凹下去的这一块模具,就像这样。"

立花向我解释。椿店长拿起平坦的木板嘀咕道:

"铭为'型柑',是橘的意思?"

"嗯,对啊,你真内行。"

"铭?"

我又听到了奇妙的词语,脑袋上方浮现出一个问号。椿店长指着木板角落雕刻的字说:

"铭就是制作者的签名,日本刀上不是也有类似名字的吗?你有没有听过?"

"哦,我知道,菜刀上也有。"

我点了点头。立花继续说道:

"和果子的木刻模具原本是由专门的木刻模具师制作的,制作完成时,会打上'型×'的名,我姓立花,刚好和'橘'同音,所以就用柑橘系的果实图案,做成了'型柑'。"

"我第一次听说木刻模具师这个行业。"

"目前因为没有人愿意继承,正面临渐渐没落的状态,所以,我就自己动手试试。"

立花说完,把木刻模具放进了展示柜内。放在红布上的模具虽然很新，却别有一番风情。

"嗯，很有新年的感觉。"

"听你这么说，就觉得制作这个模具很值得。"

真羡慕他这么手巧。我看着自己好像小香肠般的手指想道。话说回来，立花本来就想当和果子师傅，他的手当然很灵巧。

*

初二的下午，百货公司地下楼层也十分热闹。因为在车站附近，所以很多出门探亲或去新年参拜的人路过时，都会顺便进来逛一下。比起平时热卖的熟食，伴手礼反而更热门，打扮精致的顾客都会满面笑容地购买盒装的糕点。

我为这种不同于平时的热闹气氛感到高兴。和圣诞节或是年底不同，每个顾客脸上都带着从容的表情，我很庆幸自己没有在家里吃吃睡睡过新年。我站在店内想着这些事，这时，一个中年女子向我走来。

"欢迎光临。"

我微微欠身，只见她把蜜屋的纸袋放在了柜台上。

"请问这是怎么回事？"

"啊?"

"我昨天在这里买了和果子,但有点奇怪。"

难道变质了吗?还是混入了异物?我脑袋中立刻闪现各种负面的情况。

虽然我一时慌了手脚,但还是深呼吸,然后看着顾客。

"遇到顾客来投诉时,先别管投诉的内容,一定要正视顾客,否则会更加惹恼对方,情况就会变得更糟。"

酒品卖场的楠田姐曾经这么告诉我。据说有的顾客即使知道店员拿错了昂贵的商品,也不会大动肝火,但也有的顾客会因为包装纸稍微褶皱而大发雷霆。

"关键在于必须了解顾客亲自前来的目的是什么。"

如果只是抱怨,可以打电话到百货公司,百货公司方面负责上门服务的人员就会用极其恭敬的态度道歉,并寄小礼物到顾客家中作为赔礼,但既然顾客亲自上门,就代表一定有某种目的。

"可能希望当时的店员直接出面道歉,或是亲眼看到商品后现场更换,或是想要充分了解商品的相关说明。总之,顾客上门的理由五花八门。"

正因为这样,首先必须正视顾客的脸。如果听到"投诉"就吓得不敢看顾客,就无法成为称职的销售员。

我回想着楠田姐的话,看着眼前这个女人。虽然她脸上带着困惑的表情,但并没有火冒三丈。既然她特地在初三上门,可能是想要换其他商品。

椿店长刚才去休息了,我必须把另一名正职员工立花找来。

"很抱歉,请您稍候片刻,我去找负责人过来。"

我深深地鞠了一躬,去叫正在摆放生果子的立花。

"因为不是有人吃坏肚子之类的事,所以问题并不大。"

听到顾客这句话,我们暗自松了一口气。她从袋子里拿出辻占。

"但是,这样总觉得大过年的很倒霉。"

"倒霉?"

辻占的占卜内容应该都很吉利。我忍不住好奇。顾客把签纸递到我们面前。

"对啊,不管掰开几个,通通都是这个。"

是不是看反了?我接了过来,想要仔细看清楚,发现背面也没有任何文字。

"咦?"

不知道是不是屋漏偏逢连夜雨,签纸上连图案也没有。

我和立花有点不知所措。顾客从袋子里拿出一个辻占,当着我们的面掰开,打开里面的签纸,果然还是空白。

"你们看,通通是白纸。"

"啊……"

这种情况完全出乎意料。我说不出话。顾客苦笑着说:

"如果只有一两个也就罢了。可不可以为我更换?"

说完,她递上昨天的发票,我们一次又一次鞠躬道歉。

*

"白纸?"

椿店长休息回来后,瞪大眼睛看着袋子。

"我刚才打电话和总公司联络,听说各店都有相同的情况。三十日进货的辻占似乎因为工厂方面的疏忽,导致里面都是白纸。"

我和立花慌忙把那天进货的辻占全都收了起来。

"原来还会有这种事。"

椿店长叹着气,注视着空白的签纸。

"大过年的就给顾客添了麻烦。立花,除了道歉以外,有没有送和果子给顾客?"

"有，我拿了桃山和铜锣烧给顾客带回去。"

向顾客道歉时，送上这种耐放、受大众欢迎的和果子最恰当。

"本店还卖出五袋同一天进货的辻占，所以可能还有五位顾客会上门。"

"是啊，也可能会发生在其他分店购买，来向我们投诉的情况。"

椿店长立刻拟定了应对投诉的计划，微微挺直了身体。

"空白的签纸也很有趣啊。"

"哦？为什么？"

"不是有未来无限可能的感觉吗？"

我不喜欢被占卜束缚，觉得白纸也没什么不好。椿店长听了我的解释，深感同意地点了点头。

"这种说法真不错，之后再有顾客来投诉，在道歉的同时，也可以这么说。"

无论如何，我们都不希望购买辻占的顾客失望。我注视着白纸，只要一直注视，就可以看到自己的未来吗？

（将来的我在做什么？）

我没有专长，也没有过人的学历，更没有技术证书，当然也不可能有美貌，只有食欲、体重和健康。认真思考后，我发现自己的将来很惨。

干脆答应立花的师父,去他店里工作吧。比起去公司上班,也许我更适合这种工作,毕竟我是在商店街长大的。

我心不在焉地想着这些事,再度听到顾客的声音。

"请问——"

"欢迎光临!"

我就像在刚起床时接到电话一样,格外有精神地回答道。

"这是这家店的商品吧?"

年轻女人把蜜屋的纸袋放在柜台上。该不会……

"请问是名为辻占的和果子吗?"

"辻……啊,对对,就是那个。"

不知道她在读大学,还是上班族,一身流行装扮的她露出松了一口气的表情。我暗自庆幸她没有生气,深深地向她鞠了一躬。

"很抱歉,大过年的让您特地跑一趟。我立刻为您更换商品。"

"更换?"

她疑惑道。我对她点了点头。

"里面的签纸是白纸,您一定觉得很伤脑筋吧?给您添麻烦了。"

说完，我打算接过纸袋，但她制止了我。

"那个，我看不懂。"

"很抱歉，是因为本店的疏忽，所以才会变成白纸。"

"我不是这个意思——"

我和她相互注视着，一瞬间静止不动。

"我不是这个意思，而是希望你们可以告诉我那是什么意思。"

"意思？"

"对，因为我不太了解古典或是和风的东西。"

我也不太了解，但占卜的内容应该不难了解。虽然我产生了疑问，但还是暗自松了一口气。

"所以，签纸并不是白纸？"

"不是，但如果没有人说明，我看不懂……"

她似乎对自己看不懂签纸上的内容感到有点不好意思，我不由得同情她。也许除了白纸以外，还有印错的内容。

"梅本，怎么了？"

接待完顾客的椿店长看到柜台上的纸袋，向我们走来。

"这次不是空白签纸，这位顾客想了解占卜的内容。"

"哦，原来是这样。"椿店长露出微笑，"有时候占卜会用一些现代不常用的文字,所以不容易理解。"

椿店长讲这番话是为了避免伤害顾客的自尊心。也许这位顾客从小在国外长大,对日文并不精通,所以不能光从外表判断。我不禁反省了自己的待客态度,乖乖地站在一旁。

"请问是哪一张签纸?"椿店长问。

顾客指着袋子说:

"全部。其实我只打开了一半,但我猜想应该每一张都一样。"

"全部?"

都一样?这完全是和白纸相反的情况。我想象着所有签纸上都是同一句话,不由得感到害怕。难怪顾客要上门来问到底是什么意思。

"不好意思,那我就打开来看一下。"

椿店长从纸袋中拿出签纸,摊在柜台上。看到签纸上的内容,我忍不住惊叫起来:

"这……是什么?"

*

这是画,还是图案?应该写着占卜文字的签纸上,排列着奇怪的符号。

"这个我知道,是松竹梅的松。"

顾客指着其中一张说道。虽然图案像简化版的饼干模具,但的确是松的图案。

"但是,这个和这个,我就只知道是花。还有这个三角形和三个菱形连在一起的,我完全不知道是什么。"

顾客叹着气说道,椿店长也歪头纳闷。

"小姐,可不可以麻烦您稍等片刻?我立刻打电话和总公司联络。"

"什么?你们也不知道吗?"

顾客一脸狐疑的表情。我向她解释说,通常辻占内的签纸都只有文字。

"您看,就像这样。"

我掰开试吃的辻占,里面有一张写着"有吉事自远方来"。

"那这到底是?"

她一脸困惑。椿店长打完电话后走了回来。

"小姐,我刚才通过总公司向工厂确认,今年辻占的签纸上并没有图案。"

"怎么可能?"

"说起来很丢脸，因为里面的签纸是委托印刷厂印制的，如果要印图案，成本就会增加。"

椿店长微笑着继续说道：

"但这个纸袋的确是本店的，所以我想稍微调查一下，请问您是在哪一家蜜屋的分店购买的？"

"这是别人昨天送我的，所以我不知道是在哪里买的。"

"是吗？请问对方住在这附近吗？"

蜜屋有好几家分店，椿店长可能想要查出是哪一家分店。

"不是，那个人在我老家，住在很远的地方。"

她说出了关东近县的城市名字，那是一个大都市，应该有百货公司，蜜屋很可能在那里开分店。

"制作日期是二十八日，所以无论在任何地方购买都是有可能的。"

我拿起袋子，出示背后的贴纸，椿店长点了点头。但在拿起袋子时，我有一种奇妙的感觉。

"是啊，因为是耐放的和果子，所以如果是在大车站的百货公司购买，就真的很难判断了。"

这种奇妙的感觉到底是什么？我仔细打量着手上的袋子，发现了一件事。

"另外我发现,这个袋子的材质跟店里的好像不太一样。"

我拿起店内的辻占袋子放在旁边,虽然都是透明的塑料袋,但摸起来的厚度稍有不同,透明感也不一样。

"……真的啊。"

她惊讶地摸着两种袋子比较着。

"所以,也许……"

也许这不是本店的商品。我正想要这么说时,有其他顾客上门了。

"梅本,可不可以麻烦你去接待顾客?"

"好的。"

我很不愿意离开,但还是听从椿店长的指示去接待顾客。

"所以这是本店的商品吗?"

休息回来的立花好奇地打开签纸并端详着。刚才那位顾客住在附近,所以请她把商品留了下来,并留下了她的电话。

"应该不是。正如梅本说的,袋子的材质不一样,从制作日期来看,也没有其他被投诉的商品。"

"所以可能是换了其他店的商品?"我问道。

椿店长交叉着双手思考。

"万一真的是其他店的辻占,真的很费解,如果不附上说明文,顾客根本看不懂。"

"松是新年的幸运主题,这个桔梗和麻叶就不知道是什么意思了。"

立花用手指着有五片花瓣的花和星形的花。

"这个星形的不是花吗?"

"不是,是麻叶,代表叶子。"

椿店长听了,松开叉着的手拍了一下。

"对了,麻的繁殖力很强,又很牢固,所以代表多子多孙和身体健康。有些祈求健康的婴儿贴身衣物上不是也有这个图案吗?"

"对,我好像听过用麻叶做的婴儿服。"

我完全不知道这种事。看到他们相互点头的样子,我有点沮丧。这个世界上有太多我不知道的事。

"这个三角形应该代表鳞纹,是蛇的意思。"

"蛇……蛇?!"

我向来很怕爬虫类,忍不住腿软。

"巳年的干支果子上会烙这个印记,所以这也不是不好的意思,只不过今年并不是巳年。"

"还有桔梗,这就搞不懂了。"

立花皱着眉头,但还有另一个更神秘的图案。

"请问,这个是……"

那是三个连在一起的菱形或者四方形,看起来更像是化学式的图形到底是什么?

"嗯,这个我也看不懂。立花,你呢?"

"我想应该是某种图纹,只是要查一下……"

连他们都不知道,我当然更不可能知道了。虽然向总公司报告了这件事,但我们决定同时着手调查。

*

第二天又赶上休假。

"难得的新年假期,你来上一天班就够了。"

"但是……"

"不过新年过后,会希望你多排几天班。"既然椿店长这么说了,我只好再度留在家里发呆。我猜是因为我未成年,又不是正职员工,所以椿店长才这么安排,但对我来说,反而是困扰。因为早上吃完剩下的咸年糕汤和年菜,就没事可做,简直无聊死了。这根本和元旦那天一样嘛。

既然没事，不如来想一下那个问题。我走去厨房，把那个像化学式的图案拿给我妈看。

"妈，你觉得这个图案是什么？"

"啊？图案？这不是车上的图案吗？否则就是物理或是数学符号。"

看来我妈也不知道。我又问了爸爸和哥哥，结果再度令我失望。虽然他们比我多吃了很多年饭，但似乎对这方面完全无感。

"杏子，可不可以帮我去买一下东西？"

"好啊，要买什么？"

"我想叫你去车站对面的超市买油菜和莴苣。"

车站对面的超市离我家比较远，而且价格也比较贵。妈妈说，附近超市的油菜卖完了，蔬果店则在新年休息三天。

"你可以顺便买点零食吃。"

既然有好处，我当然乐于跑腿。我悠然地走出家门，顺便当作是去散步。

走在商店街上，我发现主要道路上静悄悄的，虽然也有零星几家糕饼店营业，但整体很安静，好像整个街道都在沉睡。

（我并不讨厌这种宁静。）

空气很清澈,好像可以比平时看得更远。我故意绕远路,享受这种感觉。

"咦？"

转了几个街角后,突然发现前面很热闹。那里是区政府建的广场,我经常看到上班族在那里吃便当,或是推着婴儿车的母亲在那里休息。

"'露天古董集市'……"

看到随风飘扬的鲤鱼旗上的字,我才恍然大悟。地上放了很多陶器、瓷器和奇妙的佛像,有不少人在各个摊位前张望。我也忍不住去这个新年特有的集市凑热闹。

"小姐,有没有中意的？可以给你优惠哟。"

我正在打量一个梅花图案的小器皿时,大叔对我说道。

"但古董不是都很贵吗？"

"没有没有,也不见得,这个江户时代的古董才五千日元。"

"啊？"

难道不是误把五百日元说成了五千日元？我小心翼翼地把手上的器皿放了回去。

"是不是很划算？我这里只卖国内的古董。"

"国内?"

"对啊,附近那些摊位,搞不清楚古董的价值,把中国和韩国的东西也混在一起卖,所以价格虽然便宜,却是玉石混淆。"

原来是这样。我看着摆放了很多奇特佛像的区域,点了点头。的确,乍看之下,真的不知道是哪一个国家的东西。

"如果我看中某样东西,要如何辨别是否有价值呢?"我脱口问道。

大叔笑着回答说:

"你认为那样东西值得你付那些钱,就代表那个价格符合你的身份,就这么简单。"

"价格吗?"

"没错,比起真伪,更重要的是买了不会让自己后悔。像你这种年纪的人,这才是最重要的事吧。"

嗯,有道理。反正我无法辨别真伪,也不想转手卖给别人,既然这样,就用平时买杂货的感觉到处看看。我向大叔道了谢,走去其他摊位。

"欢迎光临。"

我走向一个看起来很诡异的摊位,摊位上放满了亚洲的杂货,价格也很便宜,主要是摊主大叔很诡异。

"说是古董,其实更像是旧东西,但是,好东西即使旧了,也仍然是好东西啊。"

大叔露出满面笑容,向在摊位前张望的大婶推销着。我在一旁听着,忍不住纳闷,他只说是"旧东西",就代表这些东西有些来历吧。

"通通五百日元。"

看着篮子里贴的这张纸,我忍不住叹了一口气。这里是跳蚤市场吗?

(不过,这代表我可以拿起来看一看。)

有像是烤肉店门口放的小石像,还有看起来像是中国的扇子。当我翻着这些像是礼品店常见的东西时,找到了像是羽子板的东西。

(该不会……)

我拿起板子一看,表面上刻着花卉的图案。那是木刻模具。虽然我搞不太懂,但还是确认了所谓的铭,看到了"型风"两个字。但是,这个模具和立花做的不一样,凹下去的地方很浅,很可能是未完成品。

难怪这么便宜,而且我在篮子里找了半天,都没有找到成对的板子,所以算是残次品。

但反正才五百日元,买了也不会后悔。

"我要买这个。"

"谢谢惠顾,小姐。你年纪这么轻,真有眼光啊。"

满脸油光的大叔拼命点着头。

"请问这是什么?"

"这是从中国进口的,我想应该是做月饼的模具。"

少骗人。我忍不住在心里大声反驳。因为模具上刻的是山茶花,左右不对称的图案怎么看都不像是月饼的设计。那是和果子的模具。

"中国吗?"

"对,所以价格也很优惠。这个模具漂洋过海来到这里,能够被你相中,真是太幸福了。"

他真会胡说八道。大叔的奉承让我忍不住苦笑起来,拿着木刻模具离开了。

我在平时几乎不去的超市内,把比平时贵的蔬菜放进购物篮。

(好了。)

买好了妈妈吩咐的东西,接下来要去零食区逛逛。我走在陌生的货架之间,打量着架上的零食。走高级路线的店内排放着看起来颇好吃的和果子。

最中饼、大福、练切和干果子。我打算明天买蜜屋这个月的新品，所以并不打算在超市购买。

（而且，那些和果子开始哭泣了。）

看到装了练切的小塑料盒内微微结露，我摇了摇头。一定是在年底进货后就放在那里，忘了进行温度管理。这种和果子不可能好吃。

最后，我没有买任何零食就离开了，但内心越来越有想吃美味糕点的冲动。这时，我突然想起立花的师父，我记得立花曾经说，他师父的店在新年期间也照常营业。

反正我有的是时间。把叶菜放回家后，我直奔车站。

*

我搭了四十分钟的电车前往立花师父的店——河田屋。车站附近是老街。虽然同样在东京都内，但对我来说，这儿简直就像是观光胜地。我根据地址和地图，走在陌生的街道上，终于看到了一家充满怀旧感的和果子店。

门口放着盐堆，旁边放着手水钵和用竹子做的小型长椅。好有风情的一家店。我这么想着，打开了玻璃拉门。

"啊哟，原来是馅子啊。"

立花的师父突然上前迎接，我一时说不出话。我猜想他应该会在，但没想到他亲自在店堂内迎接顾客。

"新……新年快乐。"

"也祝你快乐，这么冷的天气，你还来看我，我真是太高兴了。今天来买和果子吗？还是打算来我这里工作？"

"当然是来买和果子。"

"为什么？真是太遗憾了。"他嘀咕着，指着展示柜内陈列的生果子。

"虽然长销果子也很好吃，但现在当然要尝尝新年用的上生果子。有'未开红'和'雪竹'，还有'永松'，我大力推荐'未开红'。"

"哇，好漂亮。"

"未开红"四方形的红白练切像包袱布般折了起来，红色中隐约透出内层的白色，十分赏心悦目。

"它的主题是什么？"

不光从外表难以判断，从名字也不知道这款和果子的来由，所以我忍不住问。

"梅花啊。"

"什么？梅花？"

"对，代表了含苞待放的梅花。"

"很有新年的味道。"

"是啊，我特别喜欢这个名字，尚未绽放的红，'未开红'，有一种即将绽放的少女的羞涩。"

……虽然这句话感觉像性骚扰，但是，我不跟他计较。

"馅子，很适合你吧？"

"啊哈哈。"

我只能对着他干笑。

如果能够像其他女生一样对他说："啊哟，讨厌啦！"想必我可以在这个世界上活得更轻松。

"那我要三个'未开红'，'雪竹'和'永松'各两个。"

"好哩。"

看着他利落地折着纸盒，我把手伸进牛仔裤的口袋，想要把皮夹拿出来。这时，手指摸到了硬硬的东西。

我想起昨天记下图案的纸还放在口袋里。

"啊，请问——"

我立刻把那张纸放在柜台上。立花的师父可能很了解这些事。

"您知道这个图案代表什么意思吗？"

"啊？"

立花的师父包好和果子后转过头，仔细看着那张纸。

"桔梗、松树、麻叶和鳞——这些都没问题,最后的是什么?"

"您也不知道吗?"

"至少不是常见的图纹,除了最后那个以外,其他都是烙在和果子上常见的图案。你为什么会有这些图纹?"

我把奇妙的辻占一事告诉了他。

"……的确很奇妙,但我认为那个辻占并不是从市面上买的。"

"为什么这么认为?"

"因为原本辻占注重的就不是味道,而是里面的签纸,所以重要的部分怎么可能令人费解?"

身为和果子师傅,可以说"注重的不是味道"这种话吗?虽然我心里浮现了这个想法,但还是回味着他的话。

不是从市面上买的,所以是自己亲手制作的?但是,袋子上还贴着制作日期的贴纸,这么做有什么意义?

(是不是以为如果是自己做的,别人就不吃了……)

果真如此的话,问题就在把辻占送给那个顾客的人身上。

"如果重点在于里面的签纸,这应该有什么意义吧?"

"是啊,像我这种和果子师傅,可以做出各种代表某种意义的和果子。"

没错,和果子的世界充满了模拟和比喻。我想起他在去年圣诞节时送我的"星星夜"。

(如果是和果子师傅或糕饼师,应该不必担心别人不吃,所以是外行人?)

我站在柜台前思考,听到嘎啦啦的拉门声,又有顾客进来了。我立刻结了账,站到一旁,避免造成他人的困扰。

"新年快乐,今天想吃什么?"

"新年新气象,当然得吃河田屋的最中饼,新年期间很少有地方可以买到松脆的最中饼。"

"如果卖软趴趴的最中,感觉对新的一年大不敬啊。"

我面带微笑地听着大婶和立花的师父轻快的聊天。这家店应该有很多老顾客。

"说到最中饼,最近也有很多地方卖那种可以让顾客自己在家里做的最中饼。"

"哦,就是把馅和外皮分开。"

"实在没办法时,就只能用这种方法凑合,但还是觉得少了点什么,尤其是挤豆沙的时候。"

嗯嗯,我能体会。自己做最中饼固然很好玩,也很香,但看到装在塑料管内的豆沙馅,总觉得好像是另一种食物。

"不过,那也算是一种发明,我通常会用外皮包水果和芝士一起吃。"

不愧是师父,太有创意了。那个大婶似乎也有同感,她用力点着头。

"好主意,我下次也要试试看。"

"关键在于只能加一半的馅,用杏和草莓准不会出错,搭威士忌特别棒。"

"是吗?我下次给我老公试试。那我先走了。"

大婶开心地和他打着招呼,走出店外。立花的师父再度看着我,说:

"嗨,让你久等了。"

"您也要自己顾店吗?"

"整天在后面也很郁闷,而且新年期间,打工的大婶也休假。"

说完,他再度仔细打量着我的那张纸。

"我想了一下——这会不会是家纹?"

"家纹?"

"虽然我无法断言,但既然其他几个图案都是日式的花纹,我猜这很有可能是家纹。"

原来如此。听他这么说,的确很像。我点了点头,他抱起双手说：

"但是，家纹的种类太丰富了，很难一言断定是哪一种家纹，搞不好是我不知道的图纹。"

"但这可以成为调查的线索。"

我深深鞠了一躬，他也笑着向我鞠了一躬。

"虽然我搞不太清楚状况，但真希望可以解开这个谜。"

"是啊，谢谢。"

"顺便代我向那家伙问好。"立花的师父向我挥着手。我再度鞠了一躬，然后离开河田屋。

*

回到家时，太阳已经下山了。新年初三的街上，店铺都提早打烊了，所以感觉特别冷清。

"怎么这么晚才回家？"

"嗯，但我带了好吃的和果子回来。"

说着，我拿出立花的师父做的和果子，家人立刻围了上来。

"肚子刚好有点饿了。"

泡了茶后，哥哥抓起"雪竹"放进嘴里。

"啊，这么好吃的和果子，你真是暴殄天物！"

我叫了起来，爸爸也伸手拿起"永松"。

"和果子的使命就是被人吃，买的人就要趁好吃的时候送进肚子。"

爸爸用黑文字竹签把"永松"切成两半，也一口送进嘴里。我的家人完全不懂得和果子的细腻。

"虽然这么说也有道理，但能不能慢慢品尝一下？"

"好了好了，机会难得，那我们母女分着吃，每一种都尝一尝味道。"

我听从妈妈的意见，先喝了一口热茶。热茶渗入了我冰冷的身体。

先来品尝"雪竹"。蓬松的山药馒头令人联想到纯白的雪，角落画着鲜绿色的竹子。在一片白茫茫的积雪中，鲜艳生动的绿色仿佛为新年带来了生命。

"口感软绵绵的，真好吃。"妈妈对我说。

我用力点着头。带着细微气泡的外皮口感很轻盈，里面是略带咸味的豆粒，两者的结合非常完美。

"接下来吃这个！"

美味的口感令我兴奋不已，立刻动手切开"永松"。像桃山般的外皮表面盖着松树图案的烙印，乍看之下很不起眼，但咬了一口后,我和妈妈立刻相互看着彼此。

"第一次在和果子中吃到这种味道……"

里面中有芝麻和松仁,以及淡淡的柑橘皮的香味,不同于外表的华丽滋味,有一种似曾相识的感觉。

"啊,我知道了,很像月饼的口感。"

"没错!"

浓醇的馅和水果干的搭配的确很有中国味,师父的和果子充满了自由的乐趣。

最后的"未开红"的确很像梅花,最外层是红色,里面包着白色和黄色的练切,切开之后,浓稠的汁液流了出来。

"啊哟,真厉害,练切里面竟然包着液体。"

"应该是用了寒天之类的东西增加稠度。"

我小心翼翼地送进嘴里,以免里面的汁液滴落,没想到舌尖再度感到惊喜。外侧是普通的练切,接着是加了梅酒的练切,口感酸酸甜甜,最后流进嘴里的蜂蜜甘甜覆盖了所有的味道。

(哇噢……)

我闭上眼睛,感受着"未开红"的滋味。

(这种滋味应该就是别人说的官能或是性感吧。)

放进嘴里时,由外而内感受到不同的味道,吃到内层时,出现了完全不同的味道，内层的滋味完全包覆外层的味道。

微甜的练切内带有少许酒味的蜂蜜香气，像花开般满溢的浓郁香气的确很像是即将成为女人的少女。

（立花的师父竟然说这款和果子很适合我——）

我觉得有点害羞，又好像有点不自量力，只觉得像我这种体形，完全和性感扯不上任何关系，难以和"梅花"这两个字联想在一起。

（如果立花的师父还年轻，或许可以谱出一段浪漫的故事。）

我在心里嘀咕着，一口气喝完了茶。妈妈依依不舍地注视着最后剩下的和果子。

"每一个都很好吃，杏子，你找到的这家店铺很不错，下次记得再去买。"

虽然我的家人与细腻、优雅完全沾不上边，但妈妈向来爱吃，她的味觉不容小觑。我觉得妈妈的这番话似乎在肯定师父，忍不住有点高兴。

"我也想啊，但这家店在老街那里，距离有点远。"

"是吗？真是太可惜了，最后的和果子真是太出色了，富有层次的口感完全就是鲜花开花前和开花后的感觉。"

开花前和开花后。我的脑袋深处对这句话有了反应。

在打开之前不知道,打开之后才会出现的事物。

抽签、福袋、辻占。在打开之前,都不知道里面到底有什么。

(打开——)

我站起来,回到自己的房间,在皮包里摸索着,拿出之前没有吃的辻占,把从边角露出来的签纸拉了出来。果然不出所料,虽然有点卡,但还是可以抽出来。

"你是别人的幸福。"

打开纸一看,上面写着这行字。虽然有点开心,但我又觉得了无新意,似乎对每个人都适用。

折起的辻占并不是一开始就把纸放进去。这种外形扭曲的烘烤点心,无论和果子还是西点,刚烤好的时候都很软,在冷却的过程中才会慢慢成形。

比方说,西点中的蛋卷和瓦片,和果子中的辻占和麸卷都属于这种类型,做过饼干的人应该能够了解。刚烤好时温度很高,在冷却过程中,由于水分蒸发,导致点心逐渐变硬,才会产生爽脆的口感。

因为里面的纸并不是在烤之前放进去的,所以只要没有粘住,就可以抽出来。既然这样,当然也可以塞进去。

我拿起桌上的便条纸折起后开始实验。

*

我用十张便条纸实验,结果是七胜三败。只要挑选纸质,中途不会折起弯曲,就能够顺利塞进去。

"所以我猜想,上次的辻占只有外皮是本店的,里面的纸和袋子可能是有人另外准备的。"

翌日去店里上班后,我把自己的辻占拿给椿店长说道。

"的确有可能,我把上次的辻占寄去总公司的工厂,刚收到工厂的人回复说,'外皮的确和我们的很像',因为是很常见的材料,所以无法断定。"

椿店长笑着说。

"塑料袋不一样,是为了掩饰曾经打开的痕迹。至于制作日期的贴纸,只要小心撕下来,就可以再次使用。"

"我也这么认为,但问题是为什么要这么做?"

"是啊……"

我垂下肩膀。没错,真正想要知道的,是那个人这么做的原因。

"从其他分店没有接到投诉来看,有一定的针对性。"

"所以,是送辻占给那位顾客的人动的手脚吗?"

"这么想最自然。"

我在补充一月的上生果子时,暗自思考着。送人时,为什么要把里面的签纸调包?如果只是恶作剧,只要改写签语的内容就好,但那些图纹并不像是不好的意思。

"对了,师父说,哦,不对,是松元先生说,那个图案可能是家纹。"

"家纹?很值得调查看看。我去后面查一下电脑。"椿店长说完,立刻走去了仓库。

初四的早晨,店里的生意渐渐恢复了正常,顾客并不多。我带着轻松的心情排放着上生果子。

蜜屋一月的生果子是"早梅"、"福寿草"和"风花",我向刚好来买当季上生果子的顾客做了说明。

"这款是'早梅',是根据提前绽放的梅花所设计的练切,里面的白豆沙口感清爽美味。第二款'福寿草',是在浓醇的蛋黄豆沙馅中加入艾草做的外郎糕。最后的'风花'是根据白雪设计的,口感细腻的白豆沙包在外侧,中间是加了和三盆*的豆沙馅,在舌尖上融化的口感完全符合白雪给人的感觉。"

顾客听了我的推荐,多买了几个"风花"。看到自己喜

---

* 和三盆是一种产自日本香川县和德岛县等四国地方东部的糖。

爱的和果子卖出去,我的心情特别好。

不知道是谁将空中飘舞的雪花取名为"风花"。我不擅长日文和古文,但看到这个名字,就觉得日文真是美丽的语言。

(对了,最近好像在哪里看到过类似的字……)

我偏着头思考,突然听到有人大叫一声:"猜中了!"

"找到了,的确是家纹!"

椿店长从仓库跑出来,把刚打印出来的纸递到我面前。在《家纹辞典》的页面中央,正是那个像化学式般的图纹。

"这个叫'千切纹'吗?"

"好像是,这么一来,所有的拼图都齐全了。"椿店长说着,在纸上写了一连串的名字。

"桔梗、松、麻叶、鳞、千切——"

即使排列在一起,我们也完全搞不懂它们彼此之间有什么关联。我们一次又一次调换顺序,尝试解读其中的意思。

"可能不是句子吧?"

"但我猜想其中应该隐藏着某种信息,既然没有附上说明,就代表并不是太难的内容。"

因为那个顾客满脸愁容地说,她不太了解这些东西,既然是为她出的谜题,当然不可能太难,否则她根本无法解开谜题。

"是啊,至少现在知道是日式的图纹,接下来就可以像刚才一样用网络搜寻。"

还有另一种可能,就是那些辻占并不是要给那位小姐的,或许是要给住在同一个屋檐下的其他家人。

"之前是不是请那位小姐留下了电话?"

"当然。因为如果是本店的商品,就必须向她道歉,而且她也说想知道到底是什么意思。"

椿店长说完,从收款机旁的抽屉里拿出一张小纸条。那位顾客叫椎名亚佐美,住在都内的集体住宅。

"我记得她说是在回老家探亲时别人送她的。"

"对啊。"

既然这样,就不能排除是送给她家人的可能性。

"恐怕还是得问她一下,到底是谁送的。"

"对啊。"

椿店长叹着气,但仍然利落地整理着展示柜。即使没有顾客,店里也有忙不完的事。

我也没时间发呆。正当我打开另外的展示柜玻璃门时,突然想到了。

"啊,对了,我带来一样东西。"

"啊?"

我急忙走去仓库,从皮包里拿出纸包。

"这是在我家附近的古董集市买的。"

我把那个用五百日元买的木刻模具递给椿店长。

"因为很便宜,所以我拿零用钱买下来了。"

"啊哟,连你也迷上了。"

椿店长面带微笑地把模具翻了过来,不知道为什么,她露出了惊讶的表情,然后停下了手。

"梅本……你是在哪里买的?"

"啊?在我家附近的露天古董集市。"

我感到很纳闷,但还是把那个感觉不太可信的大叔说的话转告了椿店长。

"是吗?原来是从中国进口的……"

那就和立花的放在一起。椿店长用有点僵硬的动作把模具放进展示柜后,回过头对我说:

"对不起,我突然想去远方,可以吗?"

在百货公司内,"远方"是"洗手间"的暗号。因为在食品馆内不太好意思说"厕所",所以才会创造出这个名字,但我觉得这个别名很优雅。

"好啊,反正没什么顾客,没关系。"

我点了点头。椿店长小跑着离开了。她的态度明显不太对劲。

上次她看到立花拿来的木刻模具时,也皱起了眉头,但上次并没有像今天反应这么大。

(所以,这个模具有什么问题吗?)

我注视着刻着"型风"这两个字的模具,突然想到一件事。对了,刚才看到"风花"时,原来是想到这个。

立花根据自己的姓氏,在模具上刻了"型柑",所以,雕刻这个模具的人姓氏中有代表"风"这个意思的字吗?

*

椿店长从厕所回来时,脸上的妆容有点花了。

果然有问题。虽然我这么认为,但不能直接问她,所以就像往常一样接待顾客。

下午,我在仓库和樱井交接班。

"今天没什么人,很轻松。"

"嗯,但明天之后是返乡人潮的高峰,又会更忙了。"

樱井在小镜子前检查自己的仪容后笑着说。她不喜欢空闲,店里越忙,她越觉得浑身是劲儿。

"人潮高峰吗?原来那些返乡的人还会经过这里。"

"没错没错,但这些返乡的人潮反而更麻烦。"

"啊?为什么?"

"因为返乡的时候要带伴手礼,所以馈赠用的盒装糕饼销路很好,但他们购买的目的各不相同,商品也都不一样。"

有人会买连假结束后回公司上班时带给同事吃的点心,有人买伴手礼给同住的家人,也有的人只是买当天吃的点心。樱井掐指计算着各种不同的情况。

"所以,不光是盒装的糕饼,最中饼、馒头和上生果子也都有销路。"

"原来是这样。"

只有车站附近的百货公司才会有这种情况。我点了点头。樱井突然问我:

"对了,上次辻占的事怎么样了?"

"已经查到是家纹,而且知道了家纹的名字,但接下来还没有头绪。恐怕还得问顾客,到底是谁送她的。"

听到我这么说,樱井笑了起来。

"我觉得对方绝对是男生。"

"椎名小姐的确很可爱,但如果是她男朋友送的,不觉得太内敛了吗?"

"只有对特别的人,才会在新年用和果子猜谜吧?"

听樱井这么说,似乎也有道理。如果只是换签纸,男生应该也可以做到。

"既然对方是在她返乡的时候送的,难道她男友在老家?"

"啊,经常有这种情况啊,学生时代交往的男友留在老家,自己来东京发展。"

也许因为樱井在恋爱,所以认为所有的事都和恋爱有关,但也许她说对了。

"如果是这样,到底要怎么念呢?"

我拿出图纹一览表,陷入疑惑。樱井皱着眉头。

"啊,竟然有鳞纹。"

"你该不会讨厌蛇吧?"

"对啊,所以虽然知道只是十二地支,但巳年还是让我很忧郁,就连要我说出口,也觉得很讨厌。"

樱井越说越大声。

"子、丑、寅、卯、辰、巳,你看,说到这个'巳',就觉得讨厌!"

"啊哈哈哈。"

我笑了起来,看着鳞纹。巳年时,和果子会烙上鳞纹,樱井恐怕会受不了。

（嗯？"巳"[Mi]？）

原来鳞纹出现在和果子上，就自动读成"巳"。我暗想着这件事，继续看着纸，发现了一件事。

"樱井！麻叶的麻是'Asa'，这和麻叶组合在一起，是不是可以念成'Asami'？"

"啊，真的欸。这不是那位顾客的名字吗？"

椎名亚佐美（Shiina Asami）。如果签纸上是留给她的信息，代表我们已经向前进了一步。

"梅本，你真厉害！所以还剩下松、桔梗和千切。"

松（Matsu）、桔梗（Kikyou）、千切（Chikiri）。我出声念了起来。

"……归乡（Kikyou）、等待（Matsu）？"

"亚佐美——等待——归乡！"

猜出来了！我们握手尖叫着。

虽然有点像电报文，但完全可以了解其中的意思。最重要的是，这些文字是我们能够分析出来的。

（嗯，这样的话，那位顾客应该……）

最后只剩下"千切"了。我正想要这么说，樱井看了一眼时钟。

"啊，惨了，我要出去了。"

"对不起,耽误你时间了。"

"没关系,那我去把刚才的暗语告诉店长。"

"哟嘎!"我发出像男人般的声音。樱井走出了仓库。

*

等待,归乡。虽然有点像电报,却是简洁的信息。

但是,最后剩下的"千切"(Chikiri)令人不解。只有那个是家纹,似乎也有特殊的意义。

"千切,千切……"

即使念出来,我也完全找不到灵感。虽然在回家的路上一直在想这件事,可还是想不出来。

"今天晚上吃什么?"

我探头向厨房张望。妈妈从冰箱里拿出卷心菜递给我。我问她:

"切丝吗?"

"不,用手撕吧。"

"用手撕?"

我原本以为卷心菜是用来配油炸食物的,所以有点惊讶。

"我看料理节目上说,叶菜用手撕更好吃。"

"是吗?"

我按照妈妈的指示,把卷心菜撕碎,觉得心情很畅快。原来撕菜这么解压。下次遇到不开心的事,就拼命撕菜吧。我在想这些事时,脑海中闪过一个灵感。

(嗯?撕?)

撕(Chigiru)和千切(Chikiri)发音有点像,而且"切丝"的汉字"千切"(Sengiri)和"千切"(Chikiri)完全一样。

(该不会……)

我冲上楼梯,回到自己的房间,打开字典一查,"撕"(Chigiru)的汉字也是"千切"。

(和鳞纹一样,也有不同的发音方式。)

然后,我在同一页看到了一个字。

"契(Chigiru)"

第一个解释是"契约、约定"。所以说——

我连同那份电报文一起念了出来:

"亚佐美——等待——归乡——约定。"

我一看时钟,指向六点半。我拿出手机,毫不犹豫地拨打了店里的号码。

＊

翌日，当我去店里时，椿店长面带微笑地对我说：

"接到你的电话后，我联络了椎名小姐，她说今天上午就会来这里。"

"真的吗？"

"对，她在电话中很高兴。"

听到椿店长这么说，我松了一口气。虽然解开谜团很开心，但我不希望因为打探顾客的隐私，造成顾客心里不舒服。

椎名小姐在开店之后立刻出现了。

"请问你在电话中告诉我的意思是真的吗？"

不知道是否是一路跑过来的，她扶着柜台问。她穿了一件白色大衣，围着水蓝色围巾，中长头发染成棕色，一看就知道是男生喜欢的类型。看到她腰间松松地绑着腰带的轮廓，我忍不住羡慕不已。如果她这身衣服穿在我身上，应该很像浴袍。

"如果对方是可能表达这个意思的人，应该就是正确答案。"

椿店长把写了图纹和读音的纸递到椎名小姐面前，她目不转睛地看了一会儿，终于抬起了头。

"没错，我想应该没错。"

她的脸上露出了灿烂的笑容。

"呃，我想你们应该已经猜到了，我男朋友在老家。虽然是远距离恋爱，但我们的感情还不错，我和他约定，等我毕业之后就会回去。"

"啊，原来这就是'约定'。"

听到我这么说，她用力点了点头。

"对，但去年年底的时候，我们吵了一架。他是个好人，但一点都不浪漫，竟然在圣诞节时送我图书储值卡。"

椿店长和我听了椎名小姐的话，都忍不住笑了起来。

"该怎么说……很实用啊。"

"所以我对他说，能不能偶尔浪漫一下！"

"啊，原来是这么一回事。"

他绞尽脑汁后，竟然莫名其妙地给她出了谜题。如果谜题再简单一点，她也不必这么烦恼了。

"不过，我很庆幸来这里。托你们的福，我会和他和好。"

她深深地鞠了一躬。椿店长递给她另一张纸，纸上印着和"千切"很像，但稍微有一点不一样的图纹。虽然同样有三个四方形的图案，但并不是像"千切"那样用直线连接，看起来像化学式，而且是用曲线连在一起。

"这是……"

"这叫'结千切',也是家纹,我想你在回复他时可以使用。"

结千切。也就是更进一步明确约定的意思,完全适合她用来回复男朋友。

"哇,太厉害了!"

椎名小姐高兴地紧紧握着那张纸。

"没想到你想得这么周到,真的太感谢了!"

她一只手拿着纸,另一只手轮流和椿店长跟我握手。看到她的样子,连我也不由得高兴起来。恋爱中的女生真是天真又可爱。她脸上的红晕到底是因为兴奋,还是想到了她男朋友呢?

椎名小姐在离开前买了很多和果子,她对我们说:"我要寄给他。"我相信这些和果子的滋味应该格外甜蜜。

"这么快乐的猜谜,真是太好了。"

我看着人烟稀少的食品馆内,松了一口气,但椿店长的回答让我感到意外。

"但是我在想,其实也不需要打电话给她。"

"啊?为什么?"

我一边摆放名叫朝生的丸子和大福,一边纳闷地问。

"因为如果谜题一直不解开,也许椎名小姐就会一直想着她男朋友。"

"一直在思考吗?"

"对,这么一来,即使相隔两地,不是也不会忘记吗?"

原来还可以从这个角度思考。我有一种跌破眼镜的感觉。

原来有些谜不需要解开。

那是她男朋友传达给不擅长古文和日文的她的特别信息。

也许在圣诞节时送图书充值卡给她,是希望她多看点书。

但是,既然是谜题,在某种意义上来说,就必须要解开,只是即使不解开,也同样具有意义。

只要自己留在对方心里,那就是答案。

*

"啊哟,你们两个人真是太坏了!"

我把来龙去脉告诉来上晚班的立花,他果然扭着身体这么说道。

(这次的事的确是少女最喜欢的套路。)

既然这样,那就让他尽兴吧。我用温暖的眼神看着他,从仓库的椅子上站了起来。

"我要去店里了。"

"啊,等一下啦,我也和你一起去。"

就像女生要约了一起去上厕所吗?走去店里时,我忍不住笑他。

"但是仔细想一下,发现店长给她的回答也很意味深长。"

在交接时,立花突然说道。椿店长露齿一笑,问:

"你看出来了吗?"

呃,我没看出来。我忍不住想要举手发问,立花向我解释说:

"'契'这个字的确是'约定'的意思,但同时是'男女之间的结合'。"

"啊?所以……是结婚的意思?"

我问道。立花不知道为什么红了脸,说话也吞吞吐吐。

"以传达信息的角度来说,应该是这个意思,但还有更实时性的意思。"

他又对我咬耳朵说:"就是身体的结合。"他在我耳边小声说的话传到大脑时,轮到我红了脸。

"呃，呃，那个……"

虽然我结巴起来，但还是整理了思绪。

"契"是结婚的意思，同时也是性爱的意思。如果她的男朋友知道这层意思，而她把"千切"放进去——

（椿店长等于让椎名小姐回答，那件事可以哟！）

哇噢哇噢，太意味深长了。

"但是，对方应该没有这层意思吧。"

立花似乎在做最后的抵抗。

"是啊，因为椎名小姐说，她很不擅长这方面，所以应该是这样。"

"那就当作对方是指结婚的意思。"

椿店长轻轻笑了笑，从包装材料中拿出红色和白色的绳子，绑紧了辻占的口。

"也许是求婚吧。"

这是约定隐藏的另一层意思。那是很浪漫、很美好的暗号。

"但为什么没有告诉椎名小姐呢？"

也许这才是真正的答案，可为什么没告诉她呢？听到我的疑问，椿店长轻轻摇了摇头。

"因为我觉得这个答案从别人口中听说就失去了意义。"

"啊，原来是这样。"

我惊叫出声，立花则迷惑起来。

"因为我认为这也许才是最后的'不必解开的谜'。"

如果椎名小姐发现，当然很高兴，但即使她没有发现，也没有关系。总有一天她会感受到她男朋友隐藏在小巧和果子内的心意。

"好——"

"啊？"

立花发出很奇怪的声音，我和椿店长同时回头看着他。

"好美的故事……"

立花说完，立刻跑向了远方。

"啊呀呀，立花的少女情怀又爆炸了。"

"他根本是自己乱爆炸。"

我和椿店长相视而笑。

"接下来就交给你们了。"

立花回来后，椿店长和他交接完工作就回家了。我和立花开始补充商品，为即将到来的傍晚做准备。

时针指向四点时，第一波人潮涌现了。

"请给我十串丸子。"

"我要两千日元的羊羹礼盒。"

"我想要新年的生果子——"

柜台前的声音此起彼落,我每次都转头回答:

"好!马上来,请稍候片刻!"

樱井说得没错,顾客买的商品五花八门,顾客也各式各样。平日上午来的都是家庭主妇和老年人,下午是来买赠礼的上班族,傍晚时分大部分是下班回家的人。

"这个会很硬吗?"

一位奶奶看着辻占问道。我点了点头。

"对,这有点像瓦煎饼,所以口感很硬。"

"那我买山药馒头,帮我包五个。"

"好的。"

我鞠了一躬,同时从柜台内侧抽出盒子,利落地组合完成后,用夹子把馒头装了进去。请顾客确认后,盖上盖纸,放进了纸袋。

(嗯,动作很快嘛。)

和刚来的时候相比,我的动作变快了。当我忍不住微笑时,发现一旁的立花用仿佛神技般的动作夹起容易碎裂的"风花",用难以置信的速度包装完成,而且他在生果子的盆子上绑的绳结竟然完全没有歪斜。

我服了他。立花在店里的表现太专业了，让我忍不住想要这么说。

"谢谢惠顾！"

我们一起鞠躬送客，抬头一看时钟，已经快六点了。

"刚才真忙啊。"

"忙碌的时段比平时提早了一个小时。"

"冬天天黑得早，最重要的是，现在还在放假。"

我们闲聊着，整理着凌乱的店内。立花整理收银台周围时，我负责整理展示柜。

我把变矮的馒头山底边缩小，再度排成山形。把一排排变少的上生果子尽可能放在前面，这样更容易吸引顾客的目光。当我重新摆好被夹子等物品弄乱的装饰时，发现了一件奇怪的事。

木刻的模具竟然成对了。

"呃，立花。"

"怎么了？"

"这个模具……"

我拿出在古董集市买的木刻模具。立花一脸疑惑：

"我记得你只买了底座而已。"

"底座？"

"对,木刻模具中,有雕刻的那一侧称为底座,成对的板称为下司板。"

"可能一块太孤单了,店长随便带了一块板放在这里吧。"

我在说话时,把下司板翻了过来。立花看见后,立刻脸色大变。

"为什么……"

"啊?"

"为什么刚好成对?"

立花指着的位置刻着"型风"的铭。

"这是店长带来的吧?"

"对啊,除了店长以外,不可能有其他人。"

"……刚好带了同一位模具师的下司板吗?"

"即使是同一位模具师,模具的尺寸千差万别,像这样刚好成对的,代表原本就是一对,但是,怎么可能刚好成对呢?"

这个概率太惊人了。难道是我中了?

"但是颜色不太一样。"

我买的底座已经变成了褐色,而椿店长带来的接近白木的颜色。

"可能是因为古董商人经手的关系吧。"

"所以，这个接近白木的板没有经过别人的手吗？"

没有经过别人的手，就是完成之后，立刻保管起来。进一步说，之所以能够保持白木的颜色，代表并不是很久以前做的。

"明天问问店长。"

听到立花这么说，我立刻想起了椿店长的表情。她看到这块模具后，立刻跑向远方。之前立花带了自己做的和果子模具来店里时，椿店长的神情就有点奇怪。

"呃，可不可以先不要问？"

听到我这么说，立花露出纳闷的表情。

我在店里工作的时间虽然不长，但接触了各式各样的人，了解到和果子点缀了人生中喜悦和悲伤等各种场面。

（如果全都是开心事，就不会有烦恼了。）

了解和果子的意义，思考隐藏在和果子背后的意义很愉快，但是，拿捏涉及顾客隐私的分寸，则是很微妙的问题。平时观察椿店长的行为，可以充分了解这是一件多么困难的事。

正因为如此，我认为不可以直接问椿店长这件事。

"我知道了，那我不直接问店长，先自己调查一下，反正我家里有模具师的资料。"

听到立花这么说,我松了一口气。

*

那个男人一走过来,我就有不祥的预感。

"喂,小姐,这是什么店?"

晚上七点半,已经快打烊了。虽然他穿着一身西装,但显然已经喝醉了,而且散发着一股酒臭味。

"这里是蜜屋和果子店。"

尽可能保持平常心,我面带笑容地回答。

"和果子?"

他靠在展示柜上,用脏手摸来摸去。啊,好不容易擦干净的玻璃,恐怕会留下指纹。

"对。"

我故意不向他推荐商品,只是笑脸以对。真希望他自觉无趣后赶快离开。眼前的情况还不需要求助,立花也在接待顾客,并没有发现异状。

"和果子一点儿都不起眼。"

是啊是啊,你说了算。

"不能做得像蛋糕那样花哨一点吗?丸子和大福太不起眼,真够俗的,看了就让人厌烦。"

"是吗?"

我越听越火大,但还是遵从樱井的教导,仍然彬彬有礼地应对。

"你看起来就像是胖乎乎的大福,哈哈哈。"

他指着我大声笑了起来。没关系,我早就习惯了,所以仍然不慌不忙。这种话我从小听到大。

这时,接待完顾客的立花走了过来,用表情问我:"有问题吗?"我微笑以对,让他知道没问题。

但是,接下来才是问题的开始。

"我说小兄弟,她是不是很像大福?"

到底要说几遍?我用冷漠的视线注视着男人。你等着立花用有礼无体的态度好好收拾你吧。

"对吧?"

男人指着我,又指着大福,似乎在催促立花回应。

没想到立花在下一瞬间说出的话,让我怀疑自己听错了。

"对,她真的很像大福。"

啊?他在说什么?我忍不住连看了他两次。

"哈哈,你真内行,那就看在大福小姐的面子上,给我三个大福,赶快帮我包起来。"

"好的。"

立花鞠了一躬,我愣在原地动弹不得。立花包完商品,若无其事地结完账。

"谢谢您的惠顾。"

"小姐,再见!不要吃太多喽!"

我茫然地注视着心情大好的男人离开的背影,在柜台下方用力握紧双手。

我知道。我很清楚,百货公司的专柜要避免和顾客发生冲突,所以立花采取的行动,应该是正确的行为。然而……

然而,我还是觉得很不高兴。

我原本希望他可以帮我。

当我们的关系不错时,我就会有这种幻想。

"……辛苦了。"

"咦?小杏,等一下,今天要不要一起去吃蛋糕?"

"我有事,先走了。"

我拒绝了一脸困惑的立花,冲进了更衣室。

我知道他没有恶意,但至少现在我不想和他说话。

我从小就经常被男生调侃,他们骂我胖子、猪,或是说我像球一样，所以至今我仍然不擅长和年轻男人相处，尤其不想接近外形帅气的男人。

第一次见面时，立花身材高大，很有都市气息，正是我最讨厌的类型，但和他聊天之后，我发现他内心比女孩更有一颗少女心，心思比任何人都细腻。

所以，我以为他了解我。

我紧闭着双唇，快速走过员工出口。虽然通道上像往常一样，花车上放满了有员工折扣的商品，但我不屑一顾，低头坐着电车，在自己家所在的那个车站下了车。

我吐着白气，慢慢走在回家的路上。什么"你是别人的幸福"？应该是"你看起来像大福"才对吧。

虽然是喜庆的新年，我却这么沮丧。幸福到底在什么地方？

幸好商店街上有很多店还没有开始营业，所以感觉比平时昏暗。

即使稍微哭一下，也不会有人发现。

*

尴尬的是，隔天也是由我和立花两个人上晚班。

"梅本,你好像很没精神,没事吧?"

椿店长问我,我只能还以无力的笑容。

"我没事,只是昨天快打烊时,遇到一个讨厌的顾客。"

"啊哟,我完全没有听说这件事,我去问一下立花。"

刚来上班的立花还在仓库内,椿店长走去仓库时,我忍不住叹着气。

我在蜜屋工作快一年了,这里的同事都很好相处,所以我在这里工作很开心。尽管有时候会遇到讨厌的顾客,可我并没有放在心上,没想到现在第一次想要辞职。

(……但我很清楚,这种事无法成为辞职的理由。)

虽然想要辞职,但并不是很认真。因为我喜欢这里的人,对薪水也很满意,至于是不是讨厌立花,好像也不是。

我也不知道自己想怎么样,即使辞了职,也没有其他想做的事,不如干脆去师父的店上班?

我心情郁闷地默默做事。

这时,仓库突然传来声音。

"……你这头蠢驴!"

蠢驴?听到这句早就落伍的骂人的话,我忍不住看向背后的墙壁,竖起耳朵细听到底发生了什么事,只听到乒乒乓乓的声音。

我不太愿意想象后面发生了什么。

"让你久等了。"

椿店长一脸神清气爽地走回店里，立花则低头跟在她身后。

"梅本，已经没事了，只是有点误会而已。"

"哦——"

仔细一看，立花的脸颊有点肿。椿店长太可怕了。

"其实我昨天说的话不是那个意思……"

立花说着，深深地鞠了一躬。

"对不起，我的态度造成了你的误会。"

"事情就是这样，立花等一下会向你说明详细的情况，所以，你今天等他一起下班吧。"

"啊，好吧……"

眼前的情况让我无法拒绝，所以点了点头。

椿店长下班时，再度叮嘱我：

"我知道你心情不好，但至少先听他解释一下。"

我默默地点头。椿店长轻轻拍着我的肩膀，说：

"如果在不原谅对方的情况下分离，之后心里会留下疙瘩。"

"分离？也太夸张了。"

"那只是比喻,比方说,因为小事吵架之后,万一对方发生意外,不是会后悔不已吗?当然,现实生活中很少发生这种好像韩剧般的情节。"

椿店长笑了笑,打了考勤卡。

*

很尴尬,真的很尴尬。

我坐在咖啡店的椅子上浑身僵硬,看着眼前冒着热气的欧蕾咖啡。

"那个……"

立花从刚才开始就一下子张嘴,一下子闭嘴,重复了一次又一次。如果面前有蛋糕,还可以打发时间,但立花偏偏选了一家舒芙蕾特别好吃的店,可以吃到现烤的舒芙蕾,只不过要等二十分钟,这段时间根本无事可做。

不管是谁,快来救救我吧。正当我开始自暴自弃时,立花突然把头低到桌子上。

"对……对不起,小杏!我真的没有恶意。"

说完这句话,他突然大声呜咽起来。

"因为你皮肤很白,又软绵绵的,脸颊就像刚捣好的年糕，我真的觉得很像大福啊！但并不是不好的意思。"

（等……等一下，这根本违规嘛。完全搞反了啊？！）

通常不是男人被女生哭得不知所措吗？我仍然僵在椅子上，好不容易才开了口。

"呃，立花——"

"什……什么事？"

他的鼻音很重。

"呃，我知道了啦。"

他双眼通红地看着我。不……不需要把自己弄得像可怜的兔子一样嘛。

"误会已经澄清了。"

"……你不生气了吗？"

"不生气了。"

怎么可能再生气嘛。我叹了一口气，缓缓拿起欧蕾咖啡。

他用手帕擦拭完眼泪，用纸巾擤着鼻涕。

"其实今天找你来，还有另一个原因。"

立花边说，边搅动奶茶。

"关于上次那个木刻模具，我查到了一点线索。"

"什么线索？"

"那个模具的下司板颜色不是比较浅、比较新吗?所以我猜想应该是最近做的,然后去向师父认识的模具师打听。因为目前全国的模具师也只剩几个了。"

立花拿出手机,找出了手机上的记事本功能。

"结果发现'型风'曾经是年纪最轻的模具师。"

"曾经……"

我有一种不祥的预感,忍不住问道。立花露出难过的表情点了点头。

"五年前,那名年轻的模具师休假去旅行。他想要重温以前砂糖和模具传到日本的路,所以沿着类似丝绸之路的路线旅行。"

怎么可能?我脑海中回想起那个可疑的古董商人说的话。他说是从哪里来的?

"所以,他去了中国……"

"没错,但'型风'在旅途中发生了意外,离开了人世。"

我忍不住用双手捂住了嘴。

因为……因为那个模具上雕刻着山茶花。

英年早逝的模具师。椿店长奇怪的态度。成对的下司板。将所有这些要素汇聚在一起,至今为止所有看到的景象都在我的脑海中连了起来。

"我也有想见却见不到的人。"

去年中元节时,椿店长曾经对沮丧伤心的杉山奶奶这么说。

"所以,接下来的几天时间,我一直当作是久违的约会。"

几个小时前,她还曾经对我说了另一句话。

"因为小事吵架之后,万一对方发生意外,不是会后悔不已吗?"

现实生活中,一定也会发生这种好像韩剧般的情节。

我无法克制自己的眼泪。

"多亏你提醒,幸好没有当面问店长。"

立花也带着哭腔小声嘀咕。

"不,没有啦……"

"我们都不要提这件事。"

我们互看着,用力点着头。

"对不起——"

拿着舒芙蕾的女服务生看到我们相对而哭,有点不知所措,但下一刹那,她迅速把手上的容器放在桌子上。

"三十秒!"

"啊?"

"三十秒后开始萎缩,所以请尽快食用。在刚烤好的舒芙蕾面前,天大的事都要挪后。"

说完,她指着巧克力和橘子酱说:

"赶快拿起汤匙!"

"好!"

立花和我在女服务生的催促下,把汤匙插进热腾腾的舒芙蕾中,舒芙蕾立刻冒出带着甘甜香味的热气。放进嘴里后,真的什么话都说不出来了。

吃的时候,热气再度让我忍不住落泪。恋爱的人都很美丽。樱井、杉山奶奶和椎名小姐,还有椿店长,都很美丽,即使她们中有的恋爱对象已经不在人世。

有朝一日,我也可以变得像她们一样美丽吗?我把柔软的舒芙蕾送进嘴里,转眼之间,便轻轻地、如梦似幻般地消失了。

只有舌尖留下了甜蜜的记忆。

*

回家的路上,立花在走路时不时看着我。

"跟你说一件事,希望你不要生气。"

"什么事?"

"我觉得你真的很像大福。"

别再说这件事了。即使我叹着气,他仍然继续说道:

"只要在你身旁,就会感到安心,也让人忘记了饥饿。不瞒你说,在所有和果子中,我最喜欢大福。"

"……是吗?"

这和我有什么关系?

"而且,我觉得这个名字和你也特别吻合。"

"名字?"

"大福不就是大大的福气吗?就是这个意思。"

这时,我想起辻占里签纸上的那句话:"你是别人的幸福。"

(似乎也不坏。)

如果我可以为别人带来幸福,那很好,即使我自己无法得到幸福,也照样可以为别人带来幸福。

我既没有学历,没有一技之长,也没有男朋友。有人认同这样的我,令我心存感恩。

"小杏,你可以为周围的人带来幸福。"

"谢……谢谢。"

我有点害羞,但是比想象中更加高兴,忍不住移开了视线,宛如金平糖般的街灯映入眼帘。

"所以——请你不要辞职。"

头顶上传来这个声音,我用力点了点头。

"没有杏(馅),怎么会有和果子呢?"

后记

当初是因为偶然的机会注意到和果子。

虽然想好要以百货公司的地下食品街,也就是俗称的"地下百货"作为新作品的舞台,但在决定挑选哪一家店时,我不由得陷入了烦恼。

熟食店和面包店很有活力,也很有趣,但工作太忙碌了,恐怕没时间推理,而酒品和茶叶卖场又没有太多顾客。

"所以还是选糕点吧。"

但是,仔细一想,发现已经有好几部以西点为题材的推理小说,只是在我的记忆中,并没有结合"地下百货"的作品,所以应该可以继续发展这条线。

这时,作为主人公的女孩突然浮现在我的脑海。

胖嘟嘟的女孩，和丸子、大福的感觉很像。

"好像还没有以和果子为主题的推理小说。"

在搜集资料的过程中，我发现和果子的世界充满了比喻和文字游戏，实在太有趣了。

"这些知识完全可以直接成为推理小说。"

和果子的名字就像暗号，如果缺乏基础知识，甚至无法了解来历。我深深地被和果子的世界吸引了。

和果子不仅美味，而且还充满故事。了解和果子，就是在学习日本历史。

随着日本国内砂糖流通的解禁，在来自中国唐朝的果子基础上开始制造和果子。这些果子，有的来自贵族之间的流行，也有的从平民的点心进化而来，最重要的是，它们逐渐成为茶席搭配的点心，进而确立了"和果子"这个种类。

从粉葛汤到草莓大福和巧克力铜锣烧，人们在食用这些点心的同时，延续了和果子的历史。想到常见的大福也对和果子的传承发挥着作用，不觉得它很了不起吗？

今天我也以此为借口，忍不住拿起眼前的和果子。容我岔题一下，我个人最喜欢"二人静"和黑咖啡的搭配，入口即化的甜味是写稿的最佳伴侣。

最后，我要对以下各位表达由衷的感谢。

在GIALLO杂志上连载时的责任编辑北村一男先生，在出版时负责编辑工作的铃木一人先生，感谢两位总是让我以最佳状态投入写作工作。感谢野间美由纪小姐在连载时画了很多令人食指大动的插画，也感谢石川绚士先生运用了漂亮的设计为本书装帧。感谢友人K和A的不断鼓励，感谢家人和朋友支持我的生活，尤其感谢两位母亲。

最后，感谢翻开本书的各位读者，有机会的话，下次要不要一起吃丸子？

坂木司

《WAGASHI NO AN》
©TSUKASA SAKAKI 2012
All rights reserved.

Original Japanese edition published by Kobunsha Co., Ltd.
Publishing rights for Simplified Chinese character arranged with Kobunsha Co., Ltd.
through KODANSHA BEIJING CULTURE LTD. Beijing, China.

图书在版编目（CIP）数据

亲爱的大福 /（日）坂木司著；王蕴洁译. — 北京：北京时代华文书局，2022.4
ISBN 978-7-5699-4493-8

Ⅰ. ①亲… Ⅱ. ①坂… ②王… Ⅲ. ①长篇小说－日本－现代 Ⅳ. ① I313.45

中国版本图书馆 CIP 数据核字 (2021) 第 263241 号
北京市版权著作权合同登记号 图字：01-2021-3780

坂木司
和菓子のアン

亲爱的大福
QINAI DE DAFU

著　　　者	[日] 坂木司
译　　　者	王蕴洁
出 版 人	陈　涛
策划编辑	康　扬
责任编辑	黄思远
责任校对	张彦翔
营销编辑	赵莲溪　俞嘉慧
封面设计	●lemon
内文排版	迟　稳
责任印制	訾　敬

出版发行｜北京时代华文书局 http://www.bjsdsj.com.cn
　　　　　北京市东城区安定门外大街 138 号皇城国际大厦 A 座 8 层
　　　　　邮编：100011　电话：010-64263661　64261528
印　　刷｜三河市嘉科万达彩色印刷有限公司　电话：0316-3159777　0316-3156777
　　　　　（如发现印装质量问题，请与印刷厂联系调换）

开　　本｜880mm×1230mm　1/32	印　张｜11	字　数｜196 千字
版　　次｜2022 年 8 月第 1 版	印　次｜2022 年 8 月第 1 次印刷
书　　号｜ISBN 978-7-5699-4493-8		
定　　价｜49.00 元		

版权所有，侵权必究